André Fourçans

Die Welt der Wirtschaft

Aus dem Französischen von
Sabine Schwenk

Mit Bildern von
Silke Henßel

BELTZ
& Gelberg

Gulliver Taschenbuch 5502
Lizenzausgabe
2000 Beltz Verlag, Weinheim und Basel
Programm Beltz & Gelberg, Weinheim

Die Originalausgabe erschien 1997 u.d.T.
L'Economie expliquée bei Editions du Seuil, Paris
Einbandgestaltung von Max Bartholl
Einbandbild von Silke Henßel
Gesamtherstellung Druckhaus Beltz, 69494 Hemsbach
Printed in Germany
ISBN 3 407 75502 3
1 2 3 4 5   04 03 02 01 00

Inhalt

»Am ersten Tag schuf Gott die Sonne.
Worauf der Teufel nachzog und den Sonnenbrand schuf.
Am zweiten Tag schuf Gott das Geschlecht.
Der Teufel schlug zurück und schuf die Ehe.
Am dritten Tag schuf Gott einen Ökonomen.
Was für eine Herausforderung für den Teufel.
Er dachte lange nach, und schließlich schuf er ...
einen zweiten Ökonomen.«

ANONYMUS OECONOMICUS

Prolog

Gemeinsam mit dir ein Buch schreiben – davon habe ich schon lange geträumt. So wie damals, als du noch klein warst und wir Hand in Hand spazierengingen und uns Gedichte ausdachten, mit denen wir den großen Dichtern Konkurrenz machen wollten. Aber bislang waren wir beide zu jung, um uns in solch ein Abenteuer zu stürzen.

Inzwischen ist jedoch einige Zeit vergangen, und ich glaube, jetzt ist der richtige Moment gekommen. Oh, keine Angst, ich habe nicht vor, dir etwas aufzuzwingen und dir ein für allemal die Ökonomie, die Wirtschaftswissenschaft und deinen eigenen Vater zu verleiden. Nein, ich möchte einfach, daß du mir ein wenig Aufmerksamkeit schenkst, damit wir, diesmal über den Umweg eines Buches, die Gespräche, die wir seit deiner Kindheit miteinander führen, fortsetzen können. Ich stelle mir das wie ein gemütliches Beisammensein vor, bei dem es, so hoffe ich, zu einem intensiven Gedankenaustausch kommt.

Du wirst mir sicher zustimmen, daß die Wirtschaft einen ziemlich wichtigen Teil unseres Lebens darstellt. Du wirst dich mit der Welt und den Menschen auseinandersetzen

müssen, wirst mit ihrer Größe, aber auch mit ihrer Kleinlichkeit konfrontiert sein. Deshalb glaube ich, daß es einfach zur Grundausrüstung eines Menschen des 21. Jahrhunderts gehört, die wichtigsten Wirtschaftsfragen unserer Zeit zu verstehen.

Nichts läge mir ferner als der Gedanke, dich mit einer schwerverständlichen Abhandlung über Ökonomie zu quälen. Ich werde mir also alle Mühe geben, klar und verständlich zu sein und hoffentlich sogar amüsant, auch wenn das Fach Wirtschaft nicht gerade im Ruf steht, besonders unterhaltsam zu sein. Trotzdem! Wirtschaftsexperten (ich sehe schon deinen spöttischen Blick) haben mehr Humor, als man gemeinhin denkt. Doch, wirklich! Na ja, ich meine, immer in einem gewissen Rahmen natürlich. Aber was man liebt, das sieht man bekanntlich stets durch eine rosarote Brille ...

Daß wir uns richtig verstehen: Ich sage nicht, daß die Wirtschaft ein Kinderspiel ist, und das weißt du. Die Wirtschaft zu begreifen erfordert einige Mühe und ein Mindestmaß an Aufmerksamkeit. Wirtschaft muß man genau wie die Medizin regelrecht lernen. Aber der Alptraum, zu dem manche sie machen wollen, ist sie nun auch wieder nicht.

Einstein soll mal gesagt haben, daß er eigentlich Wirtschaft studieren wollte, sich aber, da dieses Fach zu schwierig für ihn war, lieber der Physik zuwandte ... Ich vermute, daß irgendein schlauer Wirtschaftswissenschaftler diese Geschichte frei erfunden hat, um sich einen Spaß zu machen. Und da diese Leute manchmal über ein immenses Selbstbewußtsein verfügen – womit sie nicht allein stehen–, hat sie sich wie ein Lauffeuer unter ihnen verbreitet.

Dieses Buch soll also weder eine Abhandlung sein noch ein Lehrbuch und schon gar kein Meisterwerk. Ich möchte, daß du es als ein Gespräch über die wichtigsten Fragen zur Ökonomie betrachtest. Dabei soll es nicht nur eine angenehme sondern auch nützliche Lektüre sein, humorvoll, aber nicht ohne Tiefgang, und ernsthaft, ohne sich selbst allzu ernst zu nehmen.

Ich habe auch nichts dagegen, wenn du überall herumerzählst, worüber wir reden, ganz im Gegenteil. Um die Wahrheit zu sagen, wäre ich sogar hoch erfreut darüber. Und wenn deine Freunde dann auch noch ihre Väter, Mütter, Brüder, Schwestern, Onkel, Tanten, Kusinen und ich weiß nicht wen dazu brächten, in unsere Diskussion einzusteigen, würde ich mich noch mehr freuen. Ich bezweifle nämlich, daß mein Verleger so sehr an unser beider Genie glaubt, daß er eine großangelegte Werbekampagne für unseren Ideenaustausch starten wird.

Also, das Grundprinzip in Sachen Wirtschaft – und Leben –, an das man immer wieder denken sollte, lautet: »Hilf dir selbst, so hilft dir Gott.«

Das zweite Prinzip betrifft das Wesen der Ökonomen: »Die Wirtschaft ist gewiß das älteste Gewerbe der Welt, denn allein ihre Vertreter sind imstande, Chaos zu schaffen, wo Gott die Welt erschaffen hat.« Sie sind sogar zu noch viel Schlimmerem fähig: Manchmal halten sie sich sogar für Gott!

Jetzt aber weiter im Text ...

KAPITEL 1

Welch eine trostlose Wissenschaft!

Warum Wirtschaft?

Ich würde dir in diesem Buch gerne zeigen, daß die Wirtschaftswissenschaft tatsächlich einen Nutzen haben kann. Zunächst einmal soll sie helfen, die Welt und ihre Geschöpfe zu verstehen und bessere Entscheidungen zu treffen, sowohl im privaten und gesellschaftlichen Leben als auch im Geschäftsleben und innerhalb der verschiedensten Organisationen.

Die Analyse eines Ökonomen zielt zwar nicht darauf ab, bis in die letzten Winkel der menschlichen Seele vorzudringen, sie ist aber ein gutes Hilfsmittel, individuelle und kollektive Verhaltensweisen und ihr Zusammenwirken zu beleuchten; insofern liefert sie einen zwar begrenzten, aber wertvollen Beitrag zum Verständnis wirtschaftlicher und gesellschaftlicher Phänomene, der den Ansätzen der anderen Geisteswissenschaften (Soziologie, Psychologie, Politologie, Anthropologie) in nichts nachsteht – ganz im Gegenteil.

Manche beschuldigen die Wirtschaftswissenschaft sogar eines »intellektuellen Imperialismus«, da ihre Methoden immer häufiger auf die Analyse von Phänomenen angewandt werden, die außerhalb ihres herkömmlichen Forschungsgebietes liegen: Bildungswesen, Bürokratie, Politik, Geschichte und sogar Kriminalität, Drogen, Religion oder Familie. (Offenbar haben Ökonomen vor nichts Angst. Und da auch du zu dieser Kategorie von Menschen zählst – die vor nichts Angst haben –, werde ich keine Sekunde zögern, mit dir auch

Aktien
DAX

darüber zu diskutieren, sobald wir die traditionelle Wirtschaftslehre abgehakt haben.)

Es liegt absolut nicht in meiner Absicht, dich auf Wirtschaftsfragen zu drillen, und schon gar nicht, einen zweiten John Stuart Mill aus dir zu machen, einen der größten englischen Wirtschaftswissenschaftler des letzten Jahrhunderts. Er wurde von seinem eigenen Vater unterrichtet (schon wieder ein Ökonom!) und fing im zarten Alter von drei Jahren an, Griechisch zu lernen, und mit acht Latein. Mit dreizehn hatte er schon die gesamte Volkswirtschaftslehre gepaukt. Doch dein neues Wissen wird dir im Umgang mit all den begabten Wortverdrehern unserer Zeit helfen, deine Urteilskraft und Klarsicht zu bewahren.

Ich weiß, du hörst immer wieder, daß die Wirtschaftsexperten sich auch untereinander uneins sind. In der Vorstellung der meisten Menschen sind Ökonomen ganz finstere Wesen mit einem Herz aus Stein, die den ganzen Tag über die Welt nachdenken. Eine weitere verbreitete Ansicht ist die, daß die »wahre« Wissenschaft von der Wirtschafts-»Wissenschaft« genausoviel hält wie früher die Chemie von der Alchimie, nämlich nichts. Das ist aber eher eine oberflächliche Ansicht. Versuchen wir im nächsten Kapitel, diese Unstimmigkeiten aufzulösen, die im übrigen gar nicht so groß sind, wie unwissende Schöngeister oft behaupten.

Hab also Geduld. Ich werde die Auseinandersetzung nicht scheuen. Ich werde versuchen, so ehrlich wie möglich zu sein und die unterschiedlichen Positionen, selbst wenn ich sie nicht teile, so getreu wie möglich darzustellen. Nichtsdestotrotz wird sich herausstellen, daß manche Ansätze stichhaltiger, manche Ergebnisse zuverlässiger und manche Erklärungen einfach überzeugender sind als andere. Darauf möchte ich dein Augenmerk lenken. Es geht mir also darum, dich mit den Analysen vertraut zu machen, die meiner Ansicht nach am treffendsten – oder am wenigsten verkehrt – sind, und dabei immer ihre Stärken und Schwächen aufzuzeigen.

Also, das wär's fürs erste. Bestimmt erscheinen dir manche Überlegungen noch fragwürdig. Oder – noch schlimmer – du findest, daß ich herumschwafele. Ich hoffe jedenfalls, daß ich dich zum Nachdenken angeregt und dir vielleicht deutlich gemacht habe, wie wichtig und nützlich diese trockene und dabei doch so menschliche Materie namens Wirtschaft eigentlich ist. Also denn, gleich noch ein paar, leider notwendige, Hinweise zur Methode, und dann auf in den Kampf!

KAPITEL 2

Auf die Perspektive kommt es an

Ein paar Worte zur Methode

»Es gibt nichts Praktischeres als eine gute Theorie.« Wenn ich diese Maxime in einem Seminar oder in einem Vortrag zum besten gebe, läßt der Protest nicht lange auf sich warten. (Eigentlich stammt sie ja gar nicht von mir, sondern von dem großen Mathematiker und Wissenschaftsphilosophen Henri Poincaré.)

Wenn ich gut in Form bin und bereit, einen Sturm der Entrüstung über mich ergehen zu lassen, greife ich zu John Maynard Keynes, dem berühmten englischen Ökonomen, der ausgerechnet in dem Jahr starb, in dem ich geboren wurde. Er schreibt: »... die Gedanken der Ökonomen und Staatsphilosophen [sind], sowohl wenn sie im Recht, als wenn sie im Unrecht sind, einflußreicher, als gemeinhin angenommen wird. Die Welt wird in der Tat durch nicht viel anderes beherrscht. Praktiker, die sich ganz frei von intellektuellen Einflüssen glauben, sind gewöhnlich die Sklaven irgendeines verblichenen Ökonomen. Wahnsinnige in hoher Stellung, die Stimmen in der Luft hören, zapfen ihren wilden Irrsinn aus dem, was akademische Schreiber ein paar Jahre vorher verfaßten.«[1] Na dann!

Ja, es gibt nichts Praktischeres als eine gute Theorie. Jedes Weltbild, jede Analyse folgt einer Theorie oder einem Modell. Anders könnte man die Realität nicht erfassen. Uns fehlte einfach die Handlungsgrundlage.

Aber warum? Weil die Welt so »komplex« ist, daß zu ihrem auch nur annähernden Verständnis eine – oft erschreckend – vereinfachte Darstellung nötig ist.

Der Ökonom formuliert, so gut er kann, die Mechanismen, die das Verhältnis zwischen einer Handlung A und einem Ziel B, zu dem jene führen soll, bestimmen. Solange dieses Verhältnis nicht durchleuchtet ist, kann man nicht wissen, warum die Handlung A gar nicht oder nur mit Mühe zu B geführt hat. Wir können den Vorgang dann nicht erklären, das heißt keine Theorie bilden, die eigentlich für die Zukunft bessere Entscheidungen ermöglichen soll.

Es ist deshalb unsinnig, ein Modell zu kritisieren, weil es zu einfach und nicht »realistisch« genug sei. Modelle sind naturgemäß nicht realistisch, und kein Ökonom ist so blind, das nicht zu sehen. Er überlegt sich ja gerade eine Theorie, um jene Phänomene, die zu komplex für unsere Hirne sind, in ihrem Kern zu erfassen; von daher auch die zwingende Notwendigkeit, sich eine vereinfachte, »unrealistische« Darstellung dieser Phänomene auszudenken. Nach dieser Methode arbeiteten schon die Wissenschaftler im Mittelalter. Physiker verwenden extrem vereinfachte Modelle von Atomen, Wirtschaftswissenschaftler benutzen nicht weniger vereinfachte Modelle von Märkten.

Daraus läßt sich allerdings nicht ableiten, daß alle Theorien gleichermaßen gültig sind. Es gilt auch nicht, Modelle zu konstruieren, die so einfach sind, daß sie absurd werden. Oder, um es mit Paul Valery zu sagen: Was einfach ist, ist falsch, was komplex ist, ist nicht brauchbar. Eine Theorie sollte so gestaltet sein, daß darin alle unwichtigen Aspekte eines Phänomens unbeachtet bleiben. Das zu erreichen ist nicht nur eine Wissenschaft, sondern auch eine Kunst. Albert Einsteins Kommentar dazu lautete etwa so: *Everything should be made as simple as possible, but not more so,* oder – ich will dich ja nicht mit dem Englischen überstrapazieren –: Alles sollte so einfach wie möglich gemacht werden, aber kein bißchen mehr.

Ein Beispiel: Wenn wir mit dem Auto von Hamburg nach Aschaffenburg fahren, bedienen wir uns eines Modells: der Landkarte.

Wenn es uns darauf ankommt, so schnell wie möglich anzukommen, weil du Freunde besuchen willst, studieren wir die Übersichtskarte, auf der alle Autobahnen eingezeichnet sind, d.h. eine überaus grobe Darstellung der topographischen Wirklichkeit zwischen der Hansestadt und dem Wohnort deiner Freunde.

Trotzdem ist dieses Modell für uns weitaus nützlicher als eine vollständige, detaillierte Landkarte mit allen Bundesstraßen und Gemeindewegen; letztere hätte nämlich nur eins zur Folge: Wir würden uns verfahren. Hätten wir jedoch Lust und Zeit genug, uns treiben zu lassen und alle Gegenden bis in den kleinsten Winkel zu erkunden, wären wir besser beraten, uns einen ganzen Vorrat an detaillierten Landkarten anzulegen.

Wozu erzähle ich dir dieses Beispiel? Ob eine Theorie gut ist, hängt immer davon ab, was sie erklären soll. Weder ihre Komplexität noch ihre absolute Präzision sagen etwas über ihre Brauchbarkeit aus.

Insofern verwundert es nicht, daß die Ökonomen niemals einer Meinung zu sein scheinen: Es gibt solche, die schnell zur Sache kommen wollen, und solche, die sich Zeit lassen. Heftige Diskussionen über die Qualitäten des jeweiligen Kartenmaterials sind da unentbehrlich – zum großen Mißfallen des Beobachters, der schließlich nur den Weg finden will. Für jeden Zweck braucht es eben eine andere Theorie.

Und das Mißverständnis könnte noch größer werden, denn womöglich spielen auch noch die politischen, kulturellen, ästhetischen oder moralischen Überzeugungen unserer Kartenverwalter eine Rolle. Der eine ist für die Schnelligkeit der Transportwege und möchte 200 Stundenkilometer auf Autobahnen als Mindestgeschwindigkeit einführen. Er wird die detaillierte Landkarte von vornherein ablehnen und sogar so weit gehen, sie als der Lebensqualität abträglich, sprich unmoralisch zu verurteilen. Sein Urteil zielt auf das, was sein sollte, er vertritt eine »normative Wissenschaft«. Dem anderen ist es egal, ob er 30 oder 200 fährt. Er will niemandem vorschreiben, daß das Glück bei 30 und nicht bei 200 Sachen liegt.

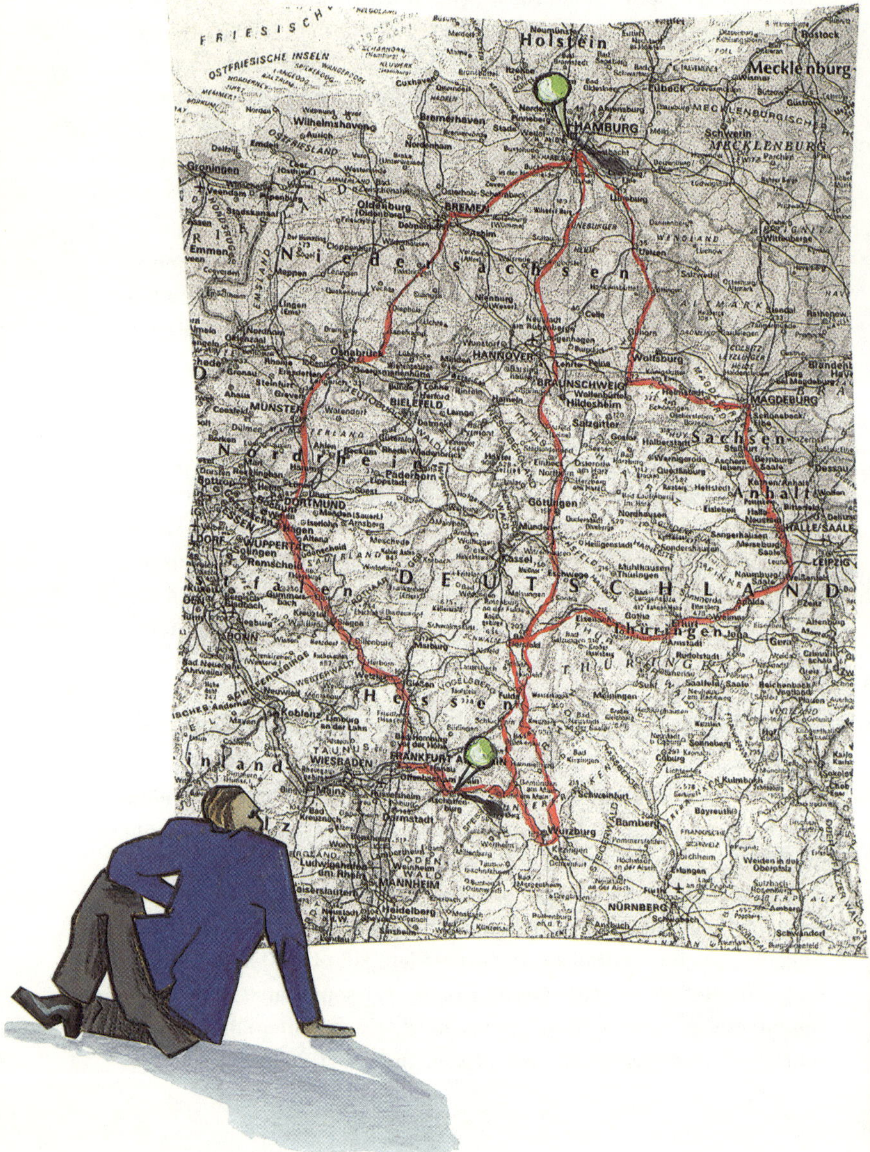
FRIESISCH
OSTFRIESISCHE INSELN
Holstein
Mecklenburg
HAMBURG
Bremerhaven
Wilhelmshaven
Cuxhaven
Lübeck
Schwerin
MECKLENBURG
BREMEN
Oldenburg
Niedersachsen
Groningen
Emmen
Celle
Osnabrück
HANNOVER
Wolfsburg
BRAUNSCHWEIG
MAGDEBURG
Hildesheim
Salzgitter
BIELEFELD
MÜNSTER
Sachsen
Anhalt
Nordrhein
Paderborn
DORTMUND
Göttingen
WUPPERTAL
Solingen
Remscheid
Kassel
HALLE/SAALE
LEIPZIG
Westfalen
DEUTSCHLAND
Thüringen
Erfurt
Jena
Gera
BONN
Marburg
Gießen
Koblenz
Hessen
Fulda
Meiningen
Rheinland
WIESBADEN
FRANKFURT AM MAIN
Offenbach
Mainz
Darmstadt
Schweinfurt
Würzburg
Bamberg
Coburg
Bayreuth
Kulmbach
Ludwigshafen
MANNHEIM
Heidelberg
Erlangen
NÜRNBERG
Ansbach

Er wählt die Karte, die am ehesten seinem augenblicklichen Ziel entspricht (schnell zu fahren oder zu trödeln). Er will eine Darstellung *dessen, was ist*, ohne irgendwelche Werturteile zu fällen; er vertritt eine »positive Wissenschaft«. Das läßt sich leicht auf die Wirtschaft übertragen. Wie du dir denken kannst, liefert diese Unterscheidung Anlaß zu zahlreichen Mißverständnissen.

Einen Tatbestand erläutern bedeutet nicht, daß man ihn gutheißt oder ein moralisches Urteil darüber fällt. Verstehen bedeutet weder beurteilen noch billigen. Ökonomen haben genauso wie Physiker, Chemiker, Anwälte oder Maurer bestimmte Wertvorstellungen, ethische Prinzipien und politische Überzeugungen, die sie zu unterschiedlichen Schlußfolgerungen führen, je nachdem, ob sie dem positiven oder dem normativen Lager angehören. Die Aussage, daß der gesetzliche Mindestlohn die Entwicklung der Arbeitslosigkeit begünstigt, ist zum Beispiel die konkrete Beobachtung eines Tatbestands; sie impliziert aber nicht, daß der Ökonom, aus dessen Munde sie kommt, ein herzloser Rohling ist, der den Menschen nicht ihre Lohntüte gönnt. Nein, in dieser Phase fällt der Ökonom keinerlei moralisches Urteil, er erläutert lediglich einen Tatbestand (womit nicht ausgeschlossen ist, daß er in seiner Erläuterung irrt – aber das ist eine andere Frage, auf die ich später zurückkommen werde).

In einem nächsten Schritt wird er dann darüber nachdenken, wie die Arbeitslosigkeit bekämpft und den von ihr Betroffenen geholfen werden kann.

Wie du siehst, wimmelt es im Bereich der Wirtschaft, die ja zu den Sozial- und damit zu den Geisteswissenschaften zählt, an Fallgruben, die die Naturwissenschaften nicht oder in geringerem Maße kennen. Wie leicht überlagern Vorurteile, Klischees und starke Emotionen ihre Inhalte. Kaum jemand wird empfindlich auf die Tatsache reagieren, daß zwei Wasserstoffatome und ein Sauerstoffatom sich zu einem Wassermolekül verbinden. Aber wer kann die oben zitierte Aussage über den Zusammenhang von Arbeitslosigkeit und Löhnen mit Gelassenheit aufnehmen?

Bist du bereit, nach diesem Einstieg weiter in die Materie der Wirtschaft einzudringen? Dann geht's jetzt erst mal in die Vergangenheit zu den großen Vordenkern.

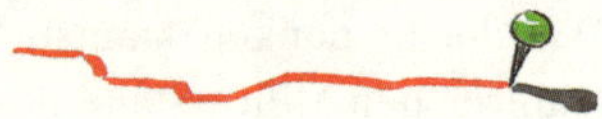

Kapitel 3

Schokolade bis zum Überdruß

Die großen Vordenker

Respekt, Respekt, die Alten haben ganz schön viel geleistet, in der Wirtschaft genauso wie in jedem anderen Bereich. Sie sind es, die von einer Generation zur nächsten die Ideen weitergeben. Und um diese Ideen zu verstehen, gibt es nichts Besseres, als sich die großen Aufklärer der Vergangenheit näher anzuschauen. Sie hatten eine extrem schwierige Aufgabe vor sich: Sie mußten ohne jede Vorgabe die Begriffe und Methoden der Wirtschaftsanalyse ersinnen. Dazu nahmen sie sich viel Zeit, entwickelten dafür aber auch eine bemerkenswerte Gedankentiefe.

Wie wär's, wenn wir uns als Einstieg die wichtigsten Schulen des ökonomischen Denkens vornehmen würden, die als »klassisch« und »neoklassisch« bezeichnet werden?

Die Ökonomie ist eine Wissenschaft der Moderne. Sie hat ihren Ursprung in der individualistischen, liberalen Philosophie des 18. Jahrhunderts. Klar, daß auch vorher keine gähnende Leere herrschte: Mönche und andere aufgeklärte Geistliche wie Thomas von Aquin, von Aristoteles oder Platon einmal ganz zu schweigen, hatten sich bereits mit wirtschaftlichen Fragen beschäftigt.

Aber die moderne Ökonomie konnte erst dann einen wirklichen Aufschwung nehmen, als man begriffen hatte, daß es ein wirtschaftliches *System* gab. Die Wirtschaft bildet ein Ganzes, das sich über individuelle Entscheidungen und deren Wechselwirkungen selbst reguliert.

Die ersten, die sich mit dieser Frage beschäftigten, waren zum Beispiel die französischen Physiokraten, die davon überzeugt waren, daß sich die wirtschaftliche Entwicklung aus den Grundlagen des Naturrechts ableiten läßt. Beachtet man diese Grundlagen, so hätten die Menschen den größtmöglichen Nutzen davon. Daher lehrten die Physiokraten wie Quesnay und Dupont de Nemours, daß der Staat möglichst nicht in den Wirtschaftskreislauf eingreifen sollte. Weiterhin beschäftigten sich mit dieser Ausgangsfrage der irischstämmige Pariser Bankier Cantillon, der Brite Hume (ein Jahrhundert nach Locke) und vor allem der geistige Vater der Marktwirtschaft, Adam Smith. Mit ihm haben sich alle Ökonomen, welche Richtung sie auch vertreten, irgendwann einmal auseinandergesetzt.

In seinem wichtigsten Werk, das 1776 veröffentlicht wurde, *Der Wohlstand der Nationen* (auch unter *Der Reichtum der Nationen* bekannt)[2], erklärte der berühmte Schotte so präzise und allgemeingültig wie kein anderer vor allem eins: Er zeigte, inwiefern Individuen im Marktgeschehen letztlich das Interesse der Allgemeinheit voranbringen, obwohl sie nur auf ihren eigenen Vorteil bedacht sind. Es ist jene berühmte »unsichtbare Hand«, die den einzelnen dazu bringt, einen Zweck zu erfüllen, der keineswegs in seiner Absicht liegt. Obwohl er nur seine persönlichen Interessen verfolgt, arbeitet er damit oft auf wirkungsvollere Weise für das Interesse der Gesellschaft, als wenn er sich dies zum Ziel gesetzt hätte. Ganz schön schlau, das zu durchschauen, oder?

Aber der britische Denker mußte nicht bei Null anfangen. Er ließ sich von dem Holländer Bernard Mandeville inspirieren, der 1714 mit der Veröffentlichung seiner *Bienenfabel* einen Skandal verursachte. Und worum ging es in dieser Fabel? In einem Bienenstock – Spiegel unserer Gesellschaft – herrscht großer Wohlstand, aber auch großes Laster. Die Gesellschaft wünscht sich die Tugenden, insbesondere die christliche Nächstenliebe zurück. Als jedoch dieser Wunsch erfüllt wird und es tatsächlich keine Laster mehr in dieser Gesellschaft gibt, verschwinden mit einemmal auch jede Aktivität und aller Wohlstand, und bald stellen sich Müßiggang, Langeweile und Chaos ein!

Smith nimmt diesen Grundgedanken auf, geht jedoch nicht ganz so weit. Er behauptet lediglich, daß das persönliche Interesse (eher eine »niedere Tugend« als ein wirkliches Laster) unbewußt und ungewollt zu Wohlstand führt. Ganz schön schockierend, diese Idee, oder? Aber so unbeschreiblich menschlich.

Hör mal, was unser Schotte schreibt: »Nicht vom Wohlwollen des Metzgers, Brauers und Bäckers erwarten wird das, was wir zum Essen brauchen, sondern davon, daß sie ihre eigenen Interessen wahrnehmen. Wir wenden uns nicht an ihre Menschen, – sondern an ihre Eigenliebe, und wir erwähnen nicht die eigenen Bedürfnisse, sondern sprechen von ihrem Vorteil.«[3]

Dieser Gedanke ist seitdem ausgefeilt, vertieft und systematisiert worden. Doch seine Wurzeln gehen eindeutig auf den schottischen Vordenker zurück.

Aber Adam Smith und mit ihm David Ricardo und John Stuart Mill, die wichtigsten »klassischen« Ökonomen, sind hier nicht stehengeblieben. Sie interessierten sich für den Produktionsprozeß und die Faktoren, die das Angebot an Gütern beeinflussen. Wie die individuellen Verhaltensweisen und Entscheidungen der Verbraucher zustande kamen, erschien ihnen weniger wichtig. So entdeckten sie das »Gesetz der rückläufigen Erträge«: Wenn alle Produktionsfaktoren (das, was zur Produktion benötigt wird: Boden, Arbeit, Kapital) konstant bleiben bis auf einen, bewirkt die Steigerung dieses einen Faktors um eine Einheit eine Produktionssteigerung, die jedoch von Mal zu Mal geringer ausfällt. Man sagt dann, daß die »Grenzproduktivität« des entsprechenden Faktors »rückläufig« ist.

Ein Beispiel aus dem Alltag: Stell dir deine Stammkneipe vor, in der es immer hoch hergeht. Sie verfügt aber nur über eine begrenzte Anzahl von Tischen und Räumen. (Kapital und »Boden« stehen also fest.) Ein einziger Kellner kann, sagen wir, 30 Gäste pro Stunde bedienen; zusammen mit einem zweiten Kellner werden die beiden

Stand: 09. 09. 1997
der Auffassung, daß di
großen Kapitaleinkauf
werden kann. Positiv
der Einstieg von Mannesma
New York
Tokio (Nikkei-Index)
Währung
USA
Aug. 1997
2,10 %
09. 09. 1997
18 695,97

aber nicht, wie man hoffen könnte, 60, sondern nur 55 Getränke servieren. Warum? Weil der Barkeeper die Bestellungen der beiden Ober nicht mehr so schnell umsetzen kann wie vorher und weil außerdem die beiden aufpassen müssen, daß sie zwischen den Tischen nicht ineinanderrennen. Mit einem dritten Kellner im Bunde wird sich die Sache noch mehr zuspitzen: Zu dritt werden sie nur 75 Gäste bedienen (und nicht 3 mal 30, das heißt 90).

Mit jedem zusätzlichen Arbeiter sinkt also die Grenzproduktivität (das heißt die aus der Beschäftigung eines zusätzlichen Angestellten resultierende Produktionssteigerung). Der Ertrag dieses Produktionsprozesses ist rückläufig. Würde der Kneipenbesitzer, von plötzlichem Größenwahn gepackt, immer mehr Kellner einstellen, schlüge die Grenzproduktivität letzten Endes ins Negative um. Die Kellner würden weniger Gäste bedienen als zuvor, als sie noch nicht so viele waren: Der Barkeeper wäre überlastet, die Ober würden sich anrempeln und Gläser zerdeppern, von der schlechten Stimmung einmal ganz zu schweigen. Der Geschäftsführer der Kneipe würde schließlich einsehen, daß er besser beraten wäre, seine Produktion auf andere Weise zu »optimieren« (durch eine Vergrößerung der Kneipe zum Beispiel).

Auch die Hungerszenarien eines Malthus gehen auf solche Gedankengänge zurück, die verallgemeinert und auf die Gemeinschaft übertragen wurden. Bei einer Steigerung des Faktors Arbeit auf einem begrenzten Terrain würde durch die hohe Geburtenrate die gesamte Produktion derart in Unordnung geraten, daß der Ernteertrag pro Arbeiter abnähme – die Grenzproduktivität würde negativ. Am Ende gäbe es nicht genug Nahrungsmittel für alle.

Diese düstere Voraussage ließ jedoch einen wesentlichen Aspekt des Produktionsprozesses unberücksichtigt: die Wirkung von neuen Erfindungen und technischem Fortschritt (diverse Düngemittel, Trockenlegung von Sümpfen, unterschiedliche Anbautechniken, maschinelle Arbeitsweisen etc.). Bis zum Ende des 19. Jahrhunderts glaubten die großen Denker, der technische Fortschritt hätte in etwa seine Grenzen erreicht, so daß die rückläufigen Erträge unweigerlich zu einer Katastrophe führen würden. Die Geschichte hat jedoch gezeigt, daß all diese Fortschritte noch lange nicht erschöpft sind, und das gilt wahrscheinlich auch für die Zukunft.

Mit Ausbruch der »marginalistischen« oder neoklassischen Revolution wurde die Volkswirtschaftslehre optimistischer. Stanley Jevons in England, Carl Menger in Österreich und Léon Walras in Frankreich beschäftigten sich genauer mit den Vorlieben der Verbraucher und ihren Verhaltensweisen, was die Nachfrage nach Gütern und Dienstleistungen betraf. Damit entwickelten sie einen weiteren Kernpunkt der modernen Wirtschaftstheorie.

In Anlehnung an das Gesetz der rückläufigen Erträge, das sich auf die Produktion bezog, entdeckten sie das Gesetz des »rückläufigen Grenznutzens«. Du kannst dir sicher denken, was man darunter versteht. Der Nutzen, das heißt die Befriedigung, die der Verbraucher aus bestimmten Gütern oder Dienstleistungen zieht, ist um so größer, je mehr verbraucht wird, diese Steigerung ist aber bei wachsendem Konsum rückläufig.

Stehst du noch immer so auf Schokolade? Dann kannst du das problemlos nachvollziehen. Auf den ersten Riegel Schokolade stürzt du dich und verzehrst ihn voller Genuß; beim zweiten hast du schon keine rechte Lust mehr; und beim dritten mußt du dich regelrecht zwingen, es sei denn, du hast seit Ewigkeiten keine Schokolade mehr gegessen. Jedes zusätzliche Stück Schokolade führt zu einer niedrigeren Befriedigung; je mehr du konsumierst, desto geringer dein Grenznutzen, bis hin zum negativen Grenznutzen, wenn wir uns beispielsweise überfressen.

Das Gesetz des rückläufigen Grenznutzens erhellt ein weiteres grundlegendes Phänomen, nämlich den Wert von Gütern. Warum ist etwas so Notwendiges und Unentbehrliches wie Wasser derart billig, während ein für unser Dasein so nutzloser Stein wie der Diamant extrem teuer ist? Wasser gibt es im Überfluß, Diamanten sind rar. Aufgrund seiner Seltenheit wird ein zusätzlicher Diamantensplitter mehr zu deiner Befriedigung beitragen als jeder zusätzliche Tropfen Wasser (es sei denn, du verdurstest gerade mitten in einer Wüste). Deshalb wirst du dem Diamanten auch einen größeren Wert beimessen als dem Wasser. So wird also der Wert, und das heißt auch der Grenznutzen, von Gütern durch ihre relative Seltenheit bestimmt.

Ausgehend von dieser Bewertungstheorie und dem Gesetz der rückläufigen Erträge, betrachten die Wirtschaftswissenschaftler unter bestimmten Bedingungen den *freiwilligen Tausch* als die effektivste Organisationsform des Wirtschaftslebens. Wir tauschen, weil wir dabei ganz frei in unserer Entscheidung sind und auf unsere Kosten kommen. Das, was du mir gibst, bedeutet mehr für mich als das, was ich dir im Gegenzug dafür gebe. Umgekehrt gilt das gleiche. So ist der Tausch für beide Seiten von Nutzen, allerdings nur, wenn er auf freiwilliger Basis abläuft, andernfalls ist es Erpressung oder Diebstahl ...

Auf dieser Grundlage konnte das »Gesetz von Angebot und Nachfrage« entwickelt werden: Mit Hilfe der Preise werden die Märkte im Gleichgewicht gehalten und die vielfältigen Bedürfnisse der einzelnen Individuen aufeinander abgestimmt. Das sind die berühmten »Marktkräfte« (im nächsten Kapitel mehr davon).

So führt der freiwillige Tausch – über die Preisangleichung auf dem Markt – zu einer »optimalen« wirtschaftlichen Situation, dem sogenannten »Pareto-Optimum«. Es ist benannt nach jenem in Paris geborenen Italiener, der von 1893 bis 1911 den Lehrstuhl für Nationalökonomie der Universität von Lausanne innehatte. Ein Optimum ist es deshalb, weil jeder weitere Tausch, mit dem ein Individuum sein Wohlbefinden noch zu steigern versuchte, automatisch die Situation eines anderen verschlechtern würde. Das bedeutet jedoch nicht, daß dieser Zustand einem unumstößlichen gesellschaftlichen Ideal entspricht. Es können sich im Gegenteil völlig inakzeptable Einkommens- und Vermögensverteilungen ergeben. Könntest du ein »Optimum« hinnehmen, dem zufolge ich alles besäße, was ich mir wünsche, während die anderen in bitterer Armut leben müßten? Bestimmt nicht, und da hättest du auch recht. In diesem Zusammenhang werden wir später noch über die Rolle des Staates reden, der manche Schwächen des Marktes »korrigierend« ausgleichen soll.

Ich kann dieses Kapitel nicht beenden, ohne auf den Mann einzugehen, der die Geschichte unseres Jahrhunderts so nachhaltig beeinflußt hat und ihr geradezu seinen roten Stempel aufdrückte: Ich meine natürlich Karl Marx.

Er war vor allem ein Gesellschaftsphilosoph, der es sich zur Aufgabe machte, die Entwicklung der Gesellschaft und den Bewußtseinszustand der Individuen zu untersuchen.

Für Marx und seinen wissenschaftlichen Sozialismus haben die Produktionsverhältnisse eine zentrale Bedeutung für die sozialen Bedingungen und die Entwicklung einer Gesellschaft. Die von den »Kapitalisten ausgebeuteten« Arbeiter (sie erzeugen die gesamten Wirtschaftsgüter, von denen sie in Form ihres Lohns aber nur einen Teil abbekommen) werden laut Marx eine »sozialistische Revolution« herbeiführen. Die Kapitalisten versuchen zunächst, ihre Position zu halten. Sie stellen mehr Arbeiter ein, doch beteiligen sie diese nicht an ihrem Profit. Gerade mit der zusätzlichen Einstellung von Arbeitern vergrößern sie automatisch auch die revolutionäre Basis und schaufeln damit ihr eigenes Grab. Mit anderen Worten: Der Kapitalismus ist zu seiner unweigerlichen Selbstzerstörung verdammt, und der Sieg des Sozialismus ist nur eine Frage der Zeit. Hmm ...

Trotzdem, auch wenn der Marxismus eine enorme politische Rolle gespielt und als Rechtfertigung für zahlreiche Machtkämpfe gedient hat, sein Beitrag zur eigentlichen wirtschaftlichen Analyse und zur Ökonomie als solcher bleibt doch eher nebensächlich.

Soviel zu den Grundlagen. Wie wär's mit einer Stärkung? Hast du noch Schokolade? Unser Grenznutzen wäre nach so viel Theorie bestimmt noch groß!

Bevor wir uns mit den aktuellen Wirtschaftstheorien auseinandersetzen, müssen wir aber noch ein paar Begriffe klären, deshalb schlage ich dir vor, daß wir uns erst einmal ein bißchen genauer anschauen, wie die Märkte funktionieren, welche Rolle die Preise spielen und warum sie manchmal so explosionsartig in die Höhe schießen.

KAPITEL 4

Walkman, Designerklamotten und Sardellen

Der Markt, die Preise und die Inflation

Glaub bloß nicht, daß die »Marktkräfte« oder das »Gesetz von Angebot und Nachfrage« abstrakte, wirklichkeitsfremde Gebilde sind. Natürlich ist mit »Markt« nicht immer der Gemüsehändler gemeint, der gleich um die Ecke seinen Stand aufbaut, und auch nicht die Boutiquen, in denen du dir deine Klamotten besorgst. Häufig ist er an keinen konkreten Ort gebunden. Oft ist nur das Telefon nötig, wie zum Beispiel an der Börse, oder wenn von einem Ende der Welt zum anderen mit Rohstoffen oder Devisen gehandelt wird.

Dennoch ist der Markt eine ganz konkrete, ja greifbare Sache, fast wie ein Lebewesen, dessen Regungen von den Individuen und staatlichen Einrichtungen abhängen, die quasi seinen Blutkreislauf und sein Nervensystem bilden. Er reagiert auf Signale, die seine Bewegungen regulieren wie Ampeln den Verkehr. Diese Signale sind die Preise. Ihre Schwankungen weisen die Hersteller oder Käufer darauf hin, ob sie mehr oder weniger produzieren bzw. kaufen sollten.

Wie funktioniert das? Schauen wir uns noch einmal die Prinzipien unserer alten Meister an. Die rückläufige Grenzproduktivität und die Kosten der Produktionsfaktoren zeigen den Unternehmern, welche Menge an Arbeit, Maschinen und sonstigem für die Produktion benötigten Material genau die »richtige« ist. Aus den entsprechenden Herstellungskosten ergibt sich dann natürlich der Mindestpreis, zu dem der Unternehmer seine Ware verkaufen muß, wenn er nicht in absehbarer Zeit bankrott machen will. Je höher der Verkaufspreis, desto größer sein Profit. Ich denke, soweit sind wir uns einig, oder?

Aber der Unternehmer kann, was die Preise betrifft, nicht tun, was er will, weil hier auch der Verbraucher ein Wörtchen mitzureden hat. Dieses Wörtchen hängt natürlich zum einen von seinen finanziellen Möglichkeiten ab, jedoch auch von der Befriedigung, die ihm der Konsum bereitet – und diese Befriedigung wird bekanntlich vom Grenznutzen bestimmt.

Selbstverständlich wünscht sich der Verbraucher einen möglichst niedrigen Preis. Aber erst wenn die Preisvorstellungen sämtlicher Hersteller und Konsumenten zusammentreffen, führt dies zu einem Marktpreis. Der wiederum schwankt je nach Angebot und Nachfrage. In der Regel gilt folgendes: Je höher der Preis, desto geringer die Nachfrage und desto größer das Angebot.

Hierzu ein Beispiel, das dir bestimmt vertraut ist: der Walkman. 1979 brachte Sony zum ersten Mal dieses handliche Gerät auf den Markt, das damals nur einigen wenigen Auserwählten zugänglich war. Seitdem haben Sony und seine Konkurrenten unzählige Versionen dieser ersten Fassung in Serie produziert. Die Preise sind auf ein Zehntel des Ursprungspreises gefallen, und die Verkaufszahlen sind explodiert. Warum? Weil dank technischer Innovationen und durch den Bau zahlreicher Fabriken mehr und billiger produziert werden konnte. Das Ergebnis: Um die Nachfrage zu steigern, mußten (und konnten) die Preise sinken – zur großen Freude der Verbraucher.

Die Preise beeinflussen also, wieviel Güter produziert werden, je nachdem, ob die Nachfrage steigt oder sinkt. Aber sie bewirken noch mehr. Sie regen zu neuen Aktivitäten an und führen zu vielen Erfindungen. Wenn der Benzinpreis steigt, stürzen sich Unternehmen auf sogenannte erneuerbare Energien (wie die Atom- oder Sonnenenergie) in der Hoffnung, dort große Profite erzielen zu können. Gleichzeitig achten die Verbraucher bei steigenden Benzinpreisen stärker darauf, den so kostbar gewordenen Rohstoff Öl nicht unnötig zu verschwenden.

So ergeben sich die Preise also in gewisser Weise aus einem ständigen Handeln zwischen Verkäufern und Käufern. Aus den Preisen läßt sich eine Menge ablesen. Man kann sie beinahe mit einem riesigen Computer vergleichen, denn genau wie dieser enthalten sie in konzentrierter Form eine enorme Menge an Informationen. Die Märkte und das Preissystem zeigen eine praktische Intelligenz, an die kein Individuum, keine Institution und keine noch so leistungsfähige Maschine herankommt.

Okay, es gibt auch Aussetzer. Die Maschine läuft nicht immer wie geschmiert. Manche Märkte reagieren sehr schnell, innerhalb von Minuten oder sogar Sekunden (die Finanzmärkte zum Beispiel, deren Preis, der Zinssatz, eigentlich ständig schwankt, oder die Devisenmärkte, die sich mit fast elektronischer Geschwindigkeit anpassen); andere reagieren langsamer (zum Beispiel Märkte mit hochentwickelter Technologie oder der Arbeitsmarkt – ja richtig, auch das ist ein Markt mit seinen Preisen, den Löhnen, der allerdings über ein paar besondere Merkmale verfügt).

Wir werden bald auf die Fragen der modernen Ökonomie zu sprechen kommen. Und natürlich werden wir uns auch mit der Rolle des Staates beschäftigen, wenn er gewissen Schwächen des Marktes entgegenwirkt.

Fürs erste möchte ich dich auf eine Funktionsstörung aufmerksam machen, die manchmal verheerende Schäden anrichtet, nicht nur in wirtschaftlicher, sondern auch in politischer, sozialer und menschlicher Hinsicht: Was passiert, wenn die Preise explodieren? Den Märkten geht dann ihre Fähigkeit, sich selbst zu regulieren, verloren. Die Signale, von denen sie gesteuert werden, geraten durcheinander. Die Informationen, die diese Signale übertragen, verlieren an Genauigkeit, fast so als würde man an der Ampel Rot mit Grün verwechseln.

Kurz, die Inflation – denn darum geht es hier – bringt den Markt und die richtige Verteilung von Geld und Gütern durcheinander. Sie schreckt die Leute davon ab, langfristig zu kalkulieren, und verleitet zu Spekulationen oder kurzfristigen Kapitalanlagen, von ihren negativen Auswirkungen auf die Gesellschaft einmal ganz zu schweigen.

Und es kommt noch schlimmer. Wenn die Inflation astronomische Höhen erreicht, was man als Hyperinflation bezeichnet, zerstört sie nicht nur das Wirtschaftssystem, sondern die gesamte Gesellschaft und führt zu politischen Katastrophen, die häufig in einer Diktatur enden. (Keynes zufolge soll Lenin erklärt haben, die beste Methode, eine Demokratie zu zerstören, bestünde darin, ihr Geld zu entwerten. Unser englischer Ökonom gab ihm recht. Er kommentierte, es gäbe tatsächlich kein subtileres und zuverlässigeres Mittel, die Grundlagen einer Gesellschaft zu unterhöhlen. Es sei ein Vorgang, bei dem alle verborgenen Kräfte der ökonomischen Gesetze zerstörerisch wirkten, ohne daß auch nur einer von einer Million Menschen es merken würde.)

Leider wimmelt es in der Geschichte von solchen Ereignissen: Sie reichen vom Römischen Reich bis zum Chile Pinochets im Jahre 1973, von Napoleon bis zum Aufstieg des Nationalsozialismus in den zwanziger Jahren, als eine Hyperinflation die Weimarer Republik erschütterte.

Solche Ereignisse werden uns jetzt, am Ende des zwanzigsten Jahrhunderts, vielleicht fremd und ziemlich unwahrscheinlich vorkommen. Wenn wir uns da mal nicht täuschen. Das Risiko besteht nach wie vor. Denken wir nur an die Situation in einigen Ländern im Osten oder in Lateinamerika. Auch die Erfahrungen der westlichen Länder in den sechziger, siebziger und zu Beginn der achtziger Jahre sollten uns in Erinnerung rufen, daß die Gefahr stets über uns schwebt.

Wie ein Virus kann die Inflation jederzeit ausbrechen, wenn man sich nicht vorsieht. Deshalb sollte man in der Lage sein, sie zu kontrollieren. Aber dafür muß man die Mechanismen ihrer Entstehung kennen. Also, woran liegt es, wenn die Preise explodieren? Und wie läßt sich diese Explosion eindämmen?

 Zunächst einmal ein paar grundsätzliche Worte. Die Inflation ist etwas Globales. Sie setzt voraus, daß *die Gesamtheit* der Preise – das allgemeine Preisniveau – im Durchschnitt ansteigt. Das sollte man nicht mit dem Anstieg *bestimmter* Preise verwechseln, der genauso wie der Rückgang bestimmter Preise dem normalen Spiel der Marktkräfte, dem Spiel der »relativen Preise« entspricht. So ist der Preis von Marken- und Designerklamotten sprunghaft in die Höhe geschossen, weil ihr sie tragen (und kaufen) müßt, wenn ihr dazugehören wollt. Je mehr ihr für diese Klamotten ausgebt, desto weniger habt ihr übrig, um euch zum Beispiel CDs zu kaufen. Das führt zu einer Senkung der CD-Preise. Insgesamt gesehen hat sich damit aber das durchschnittliche Preisniveau nicht verändert. Manche relativen Preise können also durchaus steigen, ohne daß dadurch gleich das *durchschnittliche* Preisniveau angehoben wird. Es droht dann keine Inflation.

Wenn man diese grundlegende Unterscheidung nicht trifft, kommt es schnell zu jenem weitverbreiteten Irrtum, den Inflationsdruck mit dem Ansteigen bestimmter Preise zu erklären (zum Beispiel der Preise von Markenklamotten oder, was häufiger angeführt wird, der Preise für Benzin, Rohstoffe, Obst und Gemüse oder ... Sardellen, ja wirklich, Sardellen, deren Preisanstieg vor einigen Jahren von manch einem genannt wurde!).

Wie jedes wirtschaftliche Phänomen ist auch die Inflation ein komplexer Prozeß, für den sich jedoch eine Erklärung finden läßt, die äußerst einfach, aber ungeheuer ergiebig ist, kurz gesagt: eine gute Theorie. Und wie lautet diese Theorie? »Die Inflation ist immer und überall ein Phänomen der Geldpolitik, also monetär«[4], so ihr etwas provozierender Kernsatz. Als der Chicagoer Ökonom Milton Friedman in den sechziger Jahren diese lapidare Äußerung tat, reagierte ein Großteil der akademischen Welt mit Empörung. Heute kann man davon ausgehen, daß Friedmans Satz, wenn auch in differenzierterer Form, bei den meisten Ökonomen akzeptiert ist.

Wie kommt das? Niemand behauptet, daß diese Auffassung eine vollständige Erklärung für den sinkenden Wert des Geldes liefert.

Sie behauptet lediglich, daß es zu keiner Preisexplosion, zumindest zu keiner anhaltenden, kommen kann, wenn man die umlaufende Geldmenge (also sämtliche Geldstücke, -scheine und -konten in den Banken, Postämtern und Sparkassen) kontrolliert.

Natürlich können zahlreiche Faktoren zur Preisexplosion beitragen (die Staatsverschuldung, die Löhne, der Rückgang der Wechselkurse, die Preise von Importgütern und selbst der Kampf um eine bessere Verteilung der Einkommen oder andere soziale Argumente, die in den siebziger Jahren mit Erfolg diskutiert wurden). Aber nur wenn die Geldmenge zu schnell zunimmt, können diese Faktoren zu einer dauerhaften Preislawine führen.

Was heißt denn zu schnell? Normalerweise steht einer Geldmenge eine bestimmte Warenmenge, der wirtschaftliche Reichtum, gegenüber. Beide nehmen im Lauf der Jahre zu. Wenn nun die Geldmenge im Durchschnitt schneller zunimmt als die Warenmenge oder, anders ausgedrückt, als das reale Wirtschaftswachstum, können die Preise ins unermeßliche steigen.

Was passiert, wenn die Kaufkraft zu schnell zunimmt, das heißt schneller als die Produktion? Dann wollen die Leute viel kaufen. Die globale Nachfrage nach Gütern und Dienstleistungen wächst schneller als das globale Angebot. Daraufhin steigen auf allen Märkten die Preise, damit sich das Gleichgewicht zwischen Angebot und Nachfrage wiederherstellt. Wenn die Geldmenge und die globale Kaufkraft, die daraus resultiert, schneller zunehmen als die Güter und Dienstleistungen, die dem Käufer zur Verfügung stehen, steigen im Durchschnitt *alle* Preise an. Das ist natürlich eine vereinfachte Darstellung, weil verschiedenste Vorgänge dazu führen, daß sich der Wirtschaftsapparat anpaßt. Und natürlich geht das nicht alles reibungslos vonstatten: Es dauert eine Weile, bis die Zunahme der Geldmenge sich auf das Preisniveau auswirkt. Natürlich kann die Belebung, die durch die größere Kaufkraft zustande kommt – mehr Geld haben heißt mehr ausgeben –, für eine Weile die Produktion fördern, ohne daß die Preise steigen, aber leider Gottes haben auch diese paradiesischen Zustände ein Ende. Die Wiederbelebung kurbelt dann letztendlich die Inflation anstelle des Wachstums an. Aber darauf komme ich noch ausführlich zurück.

Diese Mechanismen sind ganz schön eigensinnig. Von daher folgende Empfehlung, die heute allerorten gutgeheißen wird: Die öffentliche Hand sollte dafür sorgen, daß die Geldmenge so beständig und gleichmäßig wie möglich zunimmt und sich dabei immer weitgehend am Rhythmus des normalen Wirtschaftswachstums orientiert. Bitte kein *stop and go* – heute beleben wir, morgen bremsen wir, um gleich übermorgen wieder zu beleben und so weiter und so fort, bis jede Stabilität von dannen ist –, sondern eine mäßige Zunahme der Geldmenge, die allein die Preisstabilität garantiert.

Jetzt aber bitte keine Mißverständnisse. Auch hier sollte man in keine geldpolitischen Extreme verfallen. Stabile Preise sind durchaus beweglich. Sie bedeuten eine durchschnittliche Inflation von 0 Prozent bis 2 Prozent, wenn man sie beziffern muß, und nicht null Prozent bis in alle Ewigkeiten.

Schön, wirst du mir antworten, aber was hat es eigentlich auf sich mit diesem Geld, von dem du mir die Ohren vollquasselst und dessen Bedeutung mir ja durchaus bewußt ist (vor allem, wenn ich keins mehr habe ...)? Was ist dieses Geld? Woher kommt es? Wohin geht es? Läßt sich kontrollieren, in welchem Tempo wieviel davon geschaffen wird? Und wenn ja, wie?

Hervorragende Fragen sind das. Also denn, auf ins nächste Kapitel, da werden wir versuchen, Antworten zu finden.

KAPITEL 5

»Ihr Geld interessiert uns«

Das Geld und die Bank

Genauso wie das Feuer und das Rad gibt es auch das Geld schon seit Menschengedenken. Eigentlich weiß niemand genau, wann und wie es erfunden wurde. Man weiß aber, daß die ausgefallensten Dinge im Lauf der Zeit als Zahlungsmittel gedient haben: Stockfisch in Neufundland, Muscheln im Indischen Ozean, Walfischzähne auf den Fidschiinseln, Tee in Tibet, Decken bei den Indianern in Kanada, Salz in Äthiopien und überall auf der Welt die verschiedensten Viehsorten. Die Menschen haben dann natürlich ziemlich schnell diverse Metalle benutzt, besonders Gold, Silber und Kupfer, da diese relativ selten, rostfrei und – im Vergleich zu Kühen – leicht zu transportieren waren.

Die ersten flachen, runden Münzen wurden offenbar sieben Jahrhunderte vor unserer Zeitrechnung im kleinasiatischen Lydien hergestellt. Sie wurden dann mit einer Prägung versehen, die den Wert des Metalls bescheinigte. Übrigens: Die Engländer sagen heute noch »money«, ein Ausdruck, der auf die Römer zurückgeht, die ihre Münzen auf dem Kapitol in einem der Göttin Iuno Moneta geweihten Tempel prägten. Bei uns erinnern nur noch die »Moneten« an die alten Römer.

Und wenn sich später die Lehnsherren im Mittelalter das Recht herausnahmen, Geldstücke mit ihrem Profil darauf in Umlauf zu bringen, dann taten sie das nicht nur aus Größenwahn oder – wie

wir heute vielleicht vermuten –, um Reklame für sich zu machen, sondern wegen des hübschen Gewinns, der damit verbunden war: Dem Geld wurde ein sehr großer Wert beigemessen, der den Wert des Metalls, aus dem die Münzen geprägt waren, überstieg. Diese Differenz strichen die Lehnsherren ein.

Heute hat der Staat diese »Lehnsherrlichkeit« an sich gerissen: Wußtest du, daß die Herstellung eines Hundertmarkscheins, Papier, Tinte, Arbeitszeit eingeschlossen, die schwindelerregende Summe von etwa 20 Pfennig kostet? Das bedeutet einen Gewinn von 60000 Prozent! Nicht schlecht, oder? Leider besteht für uns keine Möglichkeit – zur Aufbesserung unserer Ersparnisse –, auf diesem Markt aktiv zu werden. Der Staat besitzt ein Monopol und reagiert ausgesprochen hart, wenn dieses mißachtet wird. Es kann teuer werden, so sein Taschengeld aufbessern zu wollen.

Aber wie läßt sich eigentlich das Auftauchen von Münzen erklären? In primitiven Wirtschaftssystemen tauschen die Menschen Waren miteinander aus: Das gibt es bei uns auch noch. Kannst du dich noch an die Abziehbilder, die regelmäßig zur WM herauskommen, erinnern? Da wird dann ein doppelter Klinsi gegen Bierhoff getauscht, damit das Heft voll wird.

Du kannst dir sicher denken, daß dieses System nur funktioniert, wenn nur wenige Waren getauscht werden und sich die Bedürfnisse beider Seiten decken. Das heißt, wenn du auf Bierhoff spekulierst, muß deinem Tauschpartner Klinsi fehlen. Das ist schon ein großer Zufall.

Dann stell dir erst einmal vor, wie kompliziert die Sache wird, wenn der Austausch zwischen Leuten stattfinden muß, die sich nicht einmal kennen, und wenn es um eine große Menge an Waren geht – von der Notwendigkeit, sich über den jeweiligen Wert der Waren, das heißt über ihren Preis, zu verständigen, einmal ganz zu schweigen.

Wir würden uns noch in der Steinzeit befinden, wenn das Geld nicht erfunden worden wäre, um derartige Probleme zu lösen. (Durch das Geld verringern sich die Informations- und Transaktionskosten, die mit dem Tausch einhergehen, könnte man im Profi-Jargon sagen.)

Da liegen sie also ganz verkehrt, all jene frommen Schwärmer, die das Geld am liebsten verbannen würden, solange es weiterhin über eine so »unmoralische, unmäßige Macht« verfügt. Auf den ersten Blick erscheinen uns solche Schwärmereien vielleicht noch sympathisch, wir sollten darüber trotzdem nicht die simple Wahrheit vergessen. Moralische Urteile ändern rein gar nichts an der Tatsache, daß im Getriebe der Wirtschaft ohne Geld (als Tauschmittel) nichts läuft und daß es außerdem dank des Geldes einfacher ist, miteinander abzurechnen und den Wert von Gütern zu bemessen (Geld dient dann als Rechnungseinheit). Darüber hinaus dient das Geld als Wertreserve. Mit Hilfe unserer Sparkonten können wir unsere Einkünfte über die Zeit hinweg retten und sogar vermehren, natürlich nur unter der Bedingung, daß es keine Inflation gibt. Kurz, das Geld hat einen beachtlichen gesellschaftlichen Nutzen.

Wie ich eben schon sagte, haben die Staaten im allgemeinen für sich das Monopol in Anspruch genommen, Münzen und später auch Geldscheine in Umlauf zu bringen. Letztere wurden in Europa – in Deutschland und in Großbritannien – erst im 17. Jahrhundert eingeführt und in Frankreich im Jahre 1803 nach Gründung der *Banque de France* durch Napoleon.

Mit der Entwicklung der Banken (und in einigen Ländern wie Deutschland der Sparkassen und Postbanken) kamen später die Geldeinlagen hinzu, die durch den Fortschritt in der Verwendung von Schecks und elektronischen Zahlungsmitteln immer größere Bedeutung gewonnen haben. Die Geldmenge, das heißt alles Geld, das sich in der Wirtschaft in Umlauf befindet, setzt sich aus all diesen Elementen zusammen. Genaugenommen gibt es verschiedene Definitionen des Begriffes Geld, je nachdem, welche Arten von Geldeinlagen oder Kapitalanlagen man in die Definition einschließt, was die Ökonomen dann dazu führt, mit so geheimnisvollen Zeichen wie M1, M2 oder M3 zu jonglieren!

Jetzt fragst du dich bestimmt, woher dieses Geld stammt oder, anders gesagt, wie Geld überhaupt entsteht. Nun ja, hauptsächlich spielen hier die Banken eine Rolle, und das mit aktiver Unterstützung der Zentralbank (bei uns der Bundesbank). Das ist die Bank aller Banken, welche die flüssigen Mittel (das Geld) festlegt, die die Geschäftsbanken brauchen, um die oben genannte Funktion zu erfüllen. Die Bundesbank liefert also letztlich den Treibstoff, der nötig ist, damit das Banksystem funktionieren und neues Geld geschaffen werden kann. Wie sie das macht? Indem sie den Bankiers Gelder leiht oder verkauft, die diese wiederum an die Unternehmen oder Privatleute weiterverleihen. Auf diese Weise füllen die Banken die Sichtguthaben (das sind Gelder auf Bankkonten, auf die jederzeit ohne Sperrfrist zugegriffen werden kann) ihrer Kunden, die nun das ehemalige Bundesbankgeld als ganz »normales« Geld im Geschäftsverkehr einsetzen können.

Banker sind natürlich schlaue Geschäftsleute, die weit davon entfernt sind, das gesamte Geld, das auf ihren Konten und Spareinlagen gebucht ist, aufzubewahren. Sie behalten nur einen kleinen Teil davon. Von den 100 Mark, die du bei der Dresdner Bank auf dem Konto hast, befinden sich lediglich zwei Mark in einem Panzerschrank der Bank, um der Bargeldnachfrage ihrer Kundschaft entgegenzukommen. Die restlichen 98 Märker benutzt die Bank, um jemand anderem einen Kredit zu gewähren und damit zusätzliches Geld zu schaffen. So können die 100 DM auf deinem Konto zu einer Zunahme der Geldmenge führen, die sich in unserem Beispiel theoretisch auf bis zu 5000 DM belaufen kann. (Es ist bestimmt kein Zufall, daß eine Bank vor einigen Jahren eine breit angelegte Werbekampagne unter dem Motto »Ihr Geld interessiert uns« gestartet hat...) Das ist doch beinahe genau so ein Wunder wie die biblische Brotvermehrung, findest du nicht? In Wirklichkeit ist die Sache ein wenig komplizierter. Und die Geldschöpfung ist auch nicht so groß, denn die Bundesbank verfügt über diverse Instrumente, mit denen sie die Geldschöpfung seitens der Kreditinstitute begrenzen oder fördern kann. Es liegt also in den Händen der Bundesbank, Richtlinien und Eckwerte zu definieren und die Entwicklung des Geldvolumens so zu steuern, daß gewisse wirtschaftliche Ziele erreicht werden können, wozu vor allem das Eindämmen der Inflation gehört.

Doch die Geldhüter können auch mit direkteren Mitteln »die Notenpresse in Gang setzen«. Sie weisen dem Staat Gelder zu, die sie einfach aus dem Nichts schaffen (ja, du hast richtig gelesen, aus dem Nichts).

Das ist das Vorrecht einer Zentralbank. Und wenn der Staat besonders verschwenderisch ist, wenn er also viel mehr ausgibt, als er durch Steuern einnimmt, wird dieses Instrument zur letzten Rettung angesichts des gigantischen Geldmangels der Regierenden und führt schließlich unweigerlich zu einer Hyperinflation mit allen negativen Folgen. Dafür haben wir in der Geschichte der Menschheit genug Beispiele.

Zum Glück sind die modernen Zentralbanken nicht mehr sehr geneigt, solche Eingriffe vorzunehmen. Und da sie obendrein immer unabhängiger von den politischen Machthabern sind, verweigern sie sich zunehmend diesem gefährlichen Spiel – es sei denn, das Gesetz verbietet ihnen dies. Deshalb ist es auch so wichtig, daß es Geldhüter gibt, die von den politischen Entscheidungsträgern unabhängig sind, was nicht heißt, daß damit jede Gefahr beseitigt ist. Die Zentralbanken können den Regierungen nämlich auch auf verschlungeneren Wegen Geld zukommen lassen: Der Staat leiht es sich bei den Banken, die sich dieses Darlehen von der Zentralbank zurückzahlen lassen. So ist es letztlich auch hier die Zentralbank, die den Staat finanziert – ein schöner Trick.

Du siehst also, hinter der Geldschöpfung stehen komplizierte Mechanismen. (Dabei haben wir noch gar nicht über die Devisenein- und -ausgänge gesprochen, die ebenfalls einen Einfluß auf die Entwicklung des Geldvolumens haben. Zu dieser Frage mehr im 12. Kapitel. Letzten Endes hängt die Kontrolle über die Entwicklung der Geldmenge, die so wichtig für wirtschaftliche Stabilität ist, von der

Politik der Bundesbank ab. Jedenfalls, und damit will ich dieses Thema beenden, solltest du nicht denken, daß die umlaufende Geldmenge in irgendeinem Zusammenhang mit den Goldvorräten der Bundesbank steht. Bis 1914 mag das im großen und ganzen für alle Währungen zugetroffen haben, das tut es aber heute nicht mehr (auch wenn die Tresore der Zentralbanken aus historischen Gründen von Gold überquellen).

Da wir schon beim Geld sind, fahren wir doch am besten mit einem Thema fort, das eng damit zusammenhängt: den Zinsen. Ihre Rolle ist in allen modernen Wirtschaftssystemen (außer in den islamischen Ländern, wo sie zumindest zum Schein verboten sind) ungeheuer wichtig.

Und hier noch ein Satz, auf den ich neulich gestoßen bin: Man muß sich im Leben entscheiden, ob man Geld verdienen oder ausgeben will: Für beides hat man keine Zeit.

KAPITEL 6

Ein Ökonom und sein Masseur

Der Zinssatz und die Finanzmärkte

Irving Fisher, berühmter amerikanischer Ökonom der ersten Hälfte unseres Jahrhunderts, berichtete einmal von gewissen Auseinandersetzungen mit seinem Masseur. Der behauptete nämlich im Brustton der Überzeugung, daß »Zinsen, das Fundament des Kapitalismus, nichts anderes als blanker Diebstahl« seien.[5] Durchdrungen von seiner großen Weisheit, nahm unser Ökonom mit den verspannten Muskeln seine pädagogische Mission auf. Als der Handarbeiter ihm verkündete, daß sein entspannendes Werk mit 30 Dollar zu begleichen sei, erwiderte der hinterlistige Professor: »Großartig. Ich werde Ihnen einen Schuldschein ausschreiben, der in hundert Jahren fällig ist. Ich nehme an, Sie haben nichts dagegen, daß keine Zinsen darauf erhoben werden, oder? Das wird ein nettes Geschenk für Ihre Enkel.«

»Aber ... so lange kann ich nicht warten.«

»Ich dachte, Zinsen seien Diebstahl. Wenn dem so ist, dürfte es doch kein Problem für Sie sein, auf unbestimmte Zeit auf Ihr Geld zu warten. Und wenn Sie mir für zehn Jahre Kredit gewährten, wie hoch wäre dann Ihr Preis?«

»Na ja ... höher als die 30 Dollar, die ich jetzt von Ihnen haben will.«

Mit Siegermiene verkündete Fisher daraufhin: »So etwas nennt man Zinsen.«[6]

Zinsen gelten häufig als eine verdächtige Geldquelle. Schon der

Realzins
Zins
Schweizerische Bankgesellschaft hat die Fusionsphantasie auf diesem Sektor zwar wachgehalten, aber nicht mehr zu Sonderbewegungen geführt. Die Bankaktien leiden derzeit unter der Furcht vor steigenden Zinsen. Das gilt auch für den Rentenmarkt. Der Bund hat die Rendite für seine Bundesobligationen in dieser Woche heraufgesetzt. K.W.
New York (Dow Jones Index)
26.08.1997 7782,22*
26.08.1997 18814,98
Tokio (Nikkei-Index)
26.08.1997 5,17%
Umlaufrendite öffentlicher Anleihen
Realzins 26.08.1997 3,27 %
Juli 1997 1,90 %
Inflationsrate
Zinsen
Hypothekenzinsen
Dispositionskredit
Die Renditeansätze stellen Orientierungsdaten dar; die Spannen ergeben sich aus unterschiedlichen Zinsen der über 50 befragten Kreditinstitute (anfallende Bank- und Börsengebühren sind nicht berücksichtigt).

große Aristoteles prangerte sie an, und im Mittelalter tat es ihm die Kirche gleich, die es glattweg verbot, Zinsen zu erheben. Dabei sind Zinsen gar nicht so schlimm, wie man bisweilen immer noch glaubt.

Zinsen sind einfach der Preis, den der Kreditgeber dafür verlangt, daß er nicht heute, sondern erst morgen bezahlt wird; oder, andersherum gesehen, der Preis, den der Kreditnehmer zahlen muß, um seine Bedürfnisse sofort zu befriedigen (zum Beispiel eine dringende Massage), aber erst später dafür in die Tasche zu greifen.

Zinsen erklären sich also nicht aus der berühmten und unbestreitbaren Habgier des Menschen. In allen Bereichen des Wirtschaftslebens sorgen sie dafür, daß Geldmittel sinnvoll auf Gegenwart und Zukunft verteilt werden. Kurz gesagt, wenn es sie noch nicht gäbe, dann müßte man sie dringend erfinden!

Ein englischer Moralist sagte, der besten Theorie zufolge, die er sich habe machen können, setze sich das Menschengeschlecht aus zwei unterschiedlichen Rassen zusammen, den Entleihern und den Verleihern. Ich würde nicht so weit gehen, dies als eine erschöpfende Theorie zu bezeichnen, aber eins scheint mir sicher: Wir alle waren, sind oder werden irgendwann einmal Gläubiger (Verleiher) oder Schuldner (Entleiher) sein, und oft beides zugleich.

Wie bestimmt sich also der Preis für Zinsen? Er bemißt sich nach Angebot und Nachfrage, wie alle anderen Preise auch, und in diesem Fall entsprechend dem Angebot und der Nachfrage nach Kapital.

Besonders Unternehmen fragen viel Kapital nach, denn sie brauchen die Geldmittel, um in Maschinen, Fabrikanlagen und Geräte zu investieren. Auch die Konsumenten brauchen Geldmittel, die einen, um ein Auto oder einen Kühlschrank zu kaufen, die anderen wollen eine Wohnung finanzieren (und wieder andere ein neues Kleid, nachvollziehbar, oder?). Kreditgeber sind Leute, die es geschafft haben, zu sparen (das heißt weniger auszugeben, als sie verdienen), oder Banken.

Je niedriger der Zinssatz, desto größer die Bereitschaft zu investieren, weil das dazu nötige Geld billiger ist. Diese Investitionen wiederum regen zum Sparen an, um in Zukunft mehr konsumieren zu können. Umgekehrt führt ein hoher Zinssatz dazu, daß die derzeit zur Verfügung stehenden Mittel stärker genutzt werden (man konsumiert lieber, als zu investieren), was auf Kosten des künftigen Konsums geht.

Aber das ist nur ein Teil der Geschichte, denn die Geldpolitik übt einen beachtlichen Einfluß auf den Kapitalmarkt und damit den Zinssatz aus. Eine Lockerung der Geldpolitik – das heißt eine expansive Geldpolitik – führt zu einem Rückgang des Zinssatzes. Hier kommt wieder die Bundesbank ins Spiel. Zur Erinnerung fasse ich noch einmal kurz die Diskussion des letzten Kapitels zusammen: Zum Zwecke der Geldschöpfung muß die Bundesbank den Geschäftsbanken flüssige Mittel zukommen lassen, damit diese ihrerseits Kredite vergeben können. Die Bank aller Banken kann zusätzliches Kapital aber nur vergeben, wenn sie die Kosten senkt, die den Geschäftsbanken entstehen, um an solche Gelder zu kommen, das heißt, indem sie den Zinssatz senkt, zu dem sie den Banken Geld leiht oder verkauft.

Eine Zinssenkung ist notwendig, damit für die Geschäftsbanken ein finanzieller Vorteil entsteht, denn sonst täten sie nichts, um zusätzliches Kapital zu erwerben. Sie selbst senken wiederum die Kosten ihrer eigenen Kredite an Privatleute und Unternehmen, um diese ebenfalls dazu anzuregen, mehr Geld zu leihen.

So werden letztlich alle Zinssätze gesenkt, zumindest solange die Inflation nicht größer wird und den Zinssatz über sein anfängliches Niveau hinaus ansteigen läßt. (Diesen Prozeß schauen wir uns gleich näher an.)

Niedrige Zinsen führen zu einem Anwachsen der Geldmenge, denn da sich Sparen nicht so richtig lohnt, geben die Leute ihr Geld für Güter und Dienstleistungen lieber sofort aus. Ein zu starkes Wachstum der Geldmenge, mit der Gefahr einer Inflation, hingegen kann durch höhere Zinsen gebremst werden. Sparen, also der Verzicht auf sofortigen Konsum, rechnet sich wieder.

Du siehst, daß wir wieder auf das ärgerliche, aber altbekannte Problem stoßen, zwischen kurz-, mittel- und langfristigen Wirkungen unterscheiden zu müssen. Was für einen kurzen Zeitraum zutrifft, muß nicht auch für eine längere Periode gelten. Dafür werden uns noch andere Beispiele begegnen.

Die Zinssenkung im Rahmen einer expansiven Geldpolitik ist deshalb keine Garantie dafür, daß das niedrige Niveau auch stabil bleibt. Wenn man nicht aufpaßt, kann sie je nach Wirtschaftslage einem starken Preisauftrieb Vorschub leisten und letzten Endes wieder zu einem neuen Zinsanstieg führen. Die wohl aussichtsreichste Methode, langfristig ein niedriges Zinsniveau zu halten, ist deshalb eine Geldpolitik, die für Preisstabilität sorgt.

Wie dir sicher nicht entgangen ist, habe ich von der »wohl aussichtsreichsten Methode« gesprochen, denn hier muß leider noch etwas bedacht werden: der Unterschied zwischen *Realzins* und *Nominalzins*. Nein, ich mache es wirklich nicht aus purem Vergnügen noch komplizierter. Aber diese Unterscheidung ist überaus wichtig.

Der Nominalzins ist der Zins, der sich am Kapitalmarkt ergibt, auf dem von Staat, Privatleuten, Unternehmen, Versicherungsgesellschaften, Pensionskassen etc. Kapital angeboten wird. Der Realzins ist in gewisser Weise eine »Erfindung der Ökonomen«, da er nirgendwo feststellbar ist, aber trotzdem existiert. Er entspricht dem Zinssatz, den der Kreditnehmer tatsächlich zahlt bzw. der Kreditgeber tatsächlich erhält, wenn man die Wirkung der Preissteigerung berücksichtigt, er ist also quasi die Differenz zwischen Nominalzins und erwarteter Inflationsrate.

Ein Beispiel zum besseren Verständnis: Wenn der Zinssatz bei 15 Prozent pro Jahr liegt und die Preise pro Jahr um 10 Prozent steigen, beläuft sich der Realzins nur auf 5 Prozent. Wenn ich dir 100 DM zu einem Zinssatz von 15 Prozent leihe, mußt du mir am Ende des Jahres 115 DM zurückzahlen. Wenn aber nun dieselben Güter, die ich für 100 DM bekomme, im nächsten Jahr 110 DM kosten, habe ich bei dem Ganzen in Wirklichkeit nur 5 DM verdient, das heißt 5 Prozent.

Je höher also die Inflationserwartungen, desto höher auch der Nominalzins, da sich der Kreditgeber vor dieser voraussichtlichen Preissteigerung schützen will. Aus diesem Grund haben Länder mit einer hohen Inflationsrate einen sehr hohen, manchmal horrend hohen Nominalzins (1000 Prozent, 2000 Prozent pro Jahr oder sogar mehr). Der Realzins hingegen liegt in diesen Fällen weiter auf einem vernünftigen und durchaus üblichen Niveau, da die Inflation oder die Inflationserwartungen sich in derselben Größenordnung bewegen. Dieser Realzins ist es auch, der sich auf das Wirtschaftsverhalten auswirkt, insbesondere auf Investitionen und damit langfristig auf Wachstum und Beschäftigung.

Und wovon hängt nun der Realzins ab? Die Antwort liegt jetzt klar auf der Hand. Er ist abhängig von allen Faktoren, die das Angebot und die Nachfrage nach Kapital beeinflussen, mit Ausnahme der Inflationserwartungen.

Was, jetzt bist du genauso schlau wie vorher? Tut mir leid, aber diese Faktoren sind die Fundamentaldaten der Wirtschaft, wie sie von den Märkten wahrgenommen oder erwartet werden. Die wichtigsten lauten: Wachstum, Haushaltsdefizit, Spartätigkeit und Investitionen, Rentabilität der Unternehmen, Unsicherheit durch Inflationsschwankungen – nicht durch die eigentliche Höhe der Inflation –, das Vertrauen in die Geldpolitik, außerdem die Arbeitslosenquote und die Risiken, die im jeweiligen Land mit Kapitalanlagen verbunden sind.

Der letzte Faktor bedarf vielleicht einer Erläuterung. Da die modernen Wirtschaftssysteme sich der Welt geöffnet haben und nun Kapital in Windeseile von einem Ende des Planeten zum anderen bewegt wird, kann man dem Realzins noch eine internationale Risikoprämie hinzufügen. Das ist möglich, wenn die internationalen Händler kein oder nur ein relatives Vertrauen in die Wirtschaftsentwicklung des Landes haben, in dem sie ihr Geld anlegen (weil sie zum Beispiel finden, daß die Staatsschulden zu groß sind oder das Vertrauen in eine solide Geldpolitik nicht ausreicht).

Und wie soll man unter solchen Umständen das Zinsniveau senken? Da gibt's nur eins: für ein besseres Bild sorgen, indem man die Märkte von der *Glaubwürdigkeit* und *Ernsthaftigkeit* seiner jeweiligen Wirtschaftspolitik überzeugt oder indem man diese Politik ändert, was nicht immer einfach ist. Wehe also den Staaten, die allzu leichtfertig mit ihrer Wirtschaftspolitik umgehen, die Märkte werden sie schnell zur Ordnung rufen.

Hat doch ein Vertrauter von Präsident Clinton einmal gesagt: »Früher dachte ich immer, wenn es eine Wiedergeburt gibt, dann wäre ich in meinem nächsten Leben gerne Präsident der Vereinigten Staaten oder Papst. Aber jetzt wünsche ich mir nur noch eins: Finanzmarkt zu werden, da kannst du einschüchtern, wen du willst ...«

Deine Wiedergeburt als Finanzmarkt kann ich schlecht veranlassen, doch um dich auf deine künftige Aufgabe als Präsidentin vorzubereiten (daß du Päpstin wirst, scheint mir wenig wahrscheinlich ...), verspreche ich dir, daß wir über alles diskutieren werden, was du schon immer über Wachstum, Entwicklung und den Reichtum der Nationen wissen wolltest.

KAPITEL 7

Lieber reich und schön als ...

Der Reichtum der Nationen

Vor einem Jahrhundert entsprach der Lebensstandard der Deutschen in etwa dem der Philippiner oder Ägypter von heute. Am Ende des Zweiten Weltkriegs war Hongkong nicht mehr als eine steinige, völlig mittellose Insel. Heute pulsiert das Leben auf ihr, und das Pro-Kopf-Einkommen hat sich seit 1960 versiebenfacht. Das durchschnittliche Einkommen eines Inders liegt im Moment etwa sechzigmal unter dem Einkommen eines Durchschnittsamerikaners.

Warum schaffen manche Länder einfach nicht den Weg aus der Armut, während andere es zu Wohlstand bringen? Wie lassen sich die unterschiedlichen Entwicklungsniveaus erklären? Was bedingt den zunehmenden Reichtum einer Nation, das heißt ihr Wachstum? Große Fragen sind das. Und extrem wichtige, nicht nur für die Entwicklungsländer, nicht nur für die Länder, die gerade den Kommunismus hinter sich gelassen haben, sondern genauso für uns, die alten westlichen Länder, die – ohne übertreiben zu wollen – auch nicht immer auf der Höhe sind.

Ich weiß, daß du mir ganz im Sinne deiner Vorfahren, der 68er (zu denen ich gehöre!), erwidern wirst, daß es ja schön und gut ist, Afrika, Lateinamerika und Osteuropa helfen zu wollen, daß es aber in unseren, vom Materialismus übersättigten Ländern Probleme gibt, die weitaus wichtiger sind als die Frage des Wachstums. Klar.

Aber dennoch gibt es keinen »Fortschritt« ohne eine Vermehrung des Reichtums.

Wenn man die Armut bekämpfen und den Lebensstandard aller anheben möchte, sollte man schlicht und ergreifend für Wachstum sorgen. Das soll nicht heißen, daß Wachstum keine Nachteile hat: Umweltverschmutzung, Staus, Müll, von den sozialen Kosten wollen wir einmal ganz schweigen. Zum Glück haben wir die Mittel, diese Probleme vielleicht nicht gerade zu beseitigen, aber doch zu mildern. Lassen wir mal jede Polemik beiseite – versuchen wir, offen und unvoreingenommen zu sein –, so werden wir der kontroversen Wirtschaftsfrage schon etwas abgewinnen können.

Als Einstieg möchte ich zunächst mit einer sehr verbreiteten Vorstellung aufräumen: Es ist falsch zu glauben, daß eine Nachfrage, die durch künstlich erzeugte Kaufkraft entsteht, zu Wachstum und zu Reichtum führt. Wenn dem so wäre, hätte man die Wirtschaftsprobleme schon seit langem mit Hilfe von einigen Hubschraubern gelöst, die regelmäßig Geldscheine über der begeisterten Menge abgeworfen hätten. Leider hat man, damit eine Nation produziert und floriert, noch keine besseren Lösungen gefunden als Arbeit (ich bin ja auch nicht glücklich darüber), Kapital (die Fabriken, Maschinen, Transport- und Verkehrsverbindungen), Technologie und Innovationen.

Auf lange Sicht führt nicht die globale Nachfrage nach Gütern und Dienstleistungen zum Reichtum der Nationen. Es ist vielmehr umgekehrt so, daß langfristig die Schaffung von Reichtum Nachfrage erzeugt – man will sein Geld ja schließlich ausgeben.

Welchen Beitrag zu einem langfristigen Wachstum leisten die oben genannten Produktionsfaktoren? Unerreicht steht der technische Fortschritt an erster Stelle, gefolgt von der Arbeit und dann dem Kapital. Das Wachstum *pro Kopf* ist offenbar zu 80 Prozent auf technischen Fortschritt zurückzuführen!

Und wovon hängt der technische Fortschritt ab? Vom Wissensvorsprung und von der globalen Leistungsfähigkeit der Wirtschaft.

Deshalb spielen auch das Bildungs- und Gesundheitswesen und die Forschung eine so zentrale Rolle. Und deshalb ist es auch so wichtig, daß die Märkte flexibel und anpassungsfähig genug sind, die Aktivitäten von Mensch und Kapital bestmöglich zu lenken (im Profi-Jargon würde man sagen: für eine gute Ressourcen-Allokation zu sorgen).

Und zu guter Letzt spielen deshalb auch Unternehmer, die neue Wege suchen, eine bedeutende Rolle. (Dazu hat der berühmte österreichische Ökonom der ersten Hälfte des 20. Jahrhunderts, Joseph Schumpeter, hochinteressante Dinge geschrieben. Seiner Ansicht nach haben die Unternehmer den Schlüssel zu Innovationen und wirtschaftlicher Dynamik in der Hand.)

Seit einigen Jahren beleuchtet ein neuer, faszinierender Forschungsansatz die Frage des Wachstums aus einer anderen, weiter gefaßten Perspektive. Die beiden Nobelpreisträger des Jahres 1993, Robert Fogel und vor allem Douglas North, bestreiten nicht die oben angeführten »neoklassischen« Faktoren (wie Arbeit, Kapital und Innovationen). Sie konzentrieren sich aber auf die institutionellen und organisatorischen Bedingungen, die notwendig sind, damit die genannten Faktoren ihre volle Wirkung entfalten können.

Vor tausend Jahren war China das reichste Land der Welt, und vor zweitausend Jahren war in Europa Rom das Machtzentrum, in dem sich aller Reichtum sammelte. Wie lassen sich der Aufstieg und der Niedergang dieser Imperien erklären? Wie ist die Wirtschaftsgeschichte Europas zwischen 900 und 1800 zu verstehen – und wie die ungeheure Entwicklung, die danach einsetzte?

Die beiden Autoren haben ihre Theorie der Institutionen auf empirische und historische Analysen gestützt. Sie betonen dabei die wichtige Rolle des Eigentumsrechts und der Bildung neuer Institutionen, um das unterschiedliche Wachstum verschiedener Länder zu erklären. Ohne die Entwicklung der Kapitalmärkte, des Wirtschaftsrechts, der staatlichen Förderung von Bildung und ohne weitere institutionelle Veränderungen, insbesondere im Bereich der Dienstleistungen, wäre es niemals zum schwungvollen Wachstum der letzten zwei Jahrhunderte gekommen. Vor allem die Stärkung des Eigentumsrechts und die daraus folgende Schaffung von Märkten, die zu einer leistungsfähigeren Organisation der Wirtschaft führten, haben eine Wachstumsepoche ermöglicht, die mit beispielloser Kontinuität bis heute anhält (von einigen »Aussetzern« einmal abgesehen).

Weitere Untersuchungen über etwa einhundert Entwicklungsländer in der Zeit zwischen 1960 und 1990 haben diese Schlußfolgerungen bekräftigt. Dabei scheinen folgende Faktoren besonders wichtig zu sein: ein möglichst freies Spiel der Marktpreise, die staatlichen Organe als Garant für eine sichere Rechtsordnung, ein hohes Bildungs- und Gesundheitsniveau der Bevölkerung, geringe Staatskosten und eine niedrige Geburtenrate.

Der Vollständigkeit halber sollten außerdem kulturelle, religiöse und gesellschaftliche Besonderheiten erwähnt werden. Diese können sich durch einen mehr oder weniger ausgeprägten Respekt gegenüber dem Gesetz, eine mehr oder weniger große Toleranz gegenüber Korruption, eine mehr oder weniger starke Wertschätzung industrieller und kaufmännischer Aktivitäten etc. auszeichnen.

Und schließlich gibt es noch einen neuen Ansatz, dem zufolge gewisse öffentliche Ausgaben, wie etwa für Verkehrswege, Grundlagenforschung oder Bildung, das Wachstum ankurbeln können, weil sich damit den Unternehmen neue und bessere Möglichkeiten eröffnen. Der Fachbegriff hierfür lautet »endogenes Wachstum«. Doch die Forschungen haben bisher noch zu keinen konkreten Empfehlungen an die Politiker geführt.

Und was können wir aus all diesen Analysen folgern? Erstens, daß es kein Wundermittel gibt, das garantiert für Wachstum und Entwicklung sorgt. Und zweitens, daß dennoch ein paar Regeln existieren, die Gold wert sind. Der seit einigen Jahren anhaltende Erfolg der asiatischen »Tigerstaaten« ist in dieser Hinsicht sehr aufschlußreich. Alle staatlichen Eingriffe – die in diesen Volkswirtschaften oft enorm waren – haben immer eine Grundregel beachtet: die Sicherung des »großen Gleichgewichts«. Dieses Gleichgewicht ergab sich dadurch, daß man die Inflationsrate möglichst niedrig hielt, viel sparte und nur mäßig konsumierte. Weitere Grundregeln waren: gesunde öffentliche Finanzen; gewaltige Investitionen in die Ausbildung von Arbeitskräften; Märkte, die sich technischen Innovationen und dem internationalen Handel ausreichend geöffnet hatten; freie Preisentwicklung bei gleichzeitigem Schutz der Eigentumsrechte sowie ein stabiles politisches System.

Auch in unseren alten Industrienationen ruht die wirtschaftliche Dynamik auf einer soliden Grundlage: Sicherung des großen Gleichgewichts; Spartätigkeit und hohe Investitionen in Maschinen, Geräte und – vielleicht sogar vorrangig – in Arbeitskräfte. Wesentlich sind weiterhin die Öffnung der Märkte in nationaler und internationaler Hinsicht und vor allem technische, organisatorische oder soziale Innovationen.

Beenden wir dieses Thema. Du kennst jetzt die Grundlagen der Wirtschaftsanalyse nach den Theorien der Alten und die wesentlichen Marktkräfte, die ihnen zugrunde liegen. Du weißt, wie Geld geschaffen wird und wie es zur Inflation kommt. Begriffe wie Zinssatz oder Finanzmärkte sind kein Mysterium mehr für dich. Und endlich kennst du jetzt die Quelle des Reichtums der Nationen. Bist du bereit, mir nun weiter auf meiner Reise durch die Welt der Wirtschaft zu folgen, die uns als nächstes in die großen Diskussionen unserer Zeit führen wird?

KAPITEL 8

Champagner für alle!

Wachstum und Beschäftigung: die keynesianische Revolution

Das moderne Zeitalter der Nationalökonomie beginnt mit einer Theorie, die sich direkt an die neoklassische Analyse anschließt. (Wir haben uns im 3. Kapitel – über die Vordenker – ausführlich darüber unterhalten.) Zwei englische Ökonomen, die am Ende des 19. und zu Beginn des 20. Jahrhunderts an der Universität von Cambridge unterrichteten, Alfred Marshall und Arthur C. Pigou, brachten sie am weitesten voran.

Und was haben diese brillanten Untertanen Ihrer Majestät, der Königin von England, uns zu bieten? Das erste zusammenhängende und systematische Modell des Wirtschaftssystems mit all seinen Wechselwirkungen (ein sogenanntes makroökonomisches Modell). Sie gehen von der Hypothese aus, daß die Märkte »perfekt« sind, daß alle Informationen über die Preise jedem zugänglich sind und daß kein Unternehmen ein Monopol oder eine dominante Position innehat. So kommt es niemals zu gefährlichen Reibungen, die die Preisangleichung und das Getriebe des Wirtschaftsapparates ins Stocken bringen könnten, und die Marktkräfte können für jene Anpassungen sorgen, die für eine volle Nutzung der Ressourcen notwendig sind. Mit anderen Worten: Produktion und Beschäftigung tendieren zu dem Maximum, das angesichts des technischen Standes und der Entscheidungsfreiheit der Individuen – besonders im Hinblick auf die Arbeit, die sie gerne leisten möchten – möglich ist.

Und welche Empfehlungen gibt uns die an das neoklassische Modell angelehnte Nationalökonomie? Zunächst einmal sollte die öffentliche Hand sich davor hüten, Wachstum und Beschäftigung mit Hilfe einer »Ankurbelung« fördern zu wollen. Sie sollte keine vermehrten öffentlichen Ausgaben bewilligen, die sogar zu einem Loch in den Staatsfinanzen führen können (wenn der Staat mehr ausgibt, als er durch Steuern einnimmt), und sie sollte nicht zur zusätzlichen Geldschöpfung greifen. Diese Politik hätte keinen Einfluß aufs Wachstum und würde in letzterem Fall sogar die Preisexplosion schüren.

Auch was die Beschäftigung betrifft, bliebe eine Verbesserung aus, da eine »unfreiwillige« Arbeitslosigkeit logisch gesehen unmöglich ist: Wenn es Arbeitslose gibt, können sie nur »freiwillig« ohne Arbeit sein, denn auf dem stets in Bewegung befindlichen Arbeitsmarkt findet jeder, der willig ist, *zum Marktlohn* zu arbeiten, eine Stellung. Bist du jetzt überrascht? Bitte, hier die Erklärung: Durch das erhöhte Angebot an Arbeit, die all die vielen Jobsuchenden schließlich leisten wollen, kommt es zu einer Preisangleichung auf diesem Markt, das heißt zu einer Lohnsenkung. Diese Senkung geht immer weiter, bis die Unternehmen *alle* Stellensuchenden eingestellt haben. Unter diesen Umständen bleibt natürlich niemand auf der Strecke. Halleluja!

Okay, okay, wir sprechen ja nur über eine Theorie. Ich weiß auch, daß die Arbeitslosigkeit ein komplizierteres Problem ist. Aber deshalb sollten wir dieses Modell nicht sofort abtun. Als Instrument der Analyse ist es trotzdem nützlich. Und seine Schlüsse sind *langfristig* gesehen, das heißt wenn die Märkte sich schließlich angepaßt haben, gar nicht so falsch, wie man auf den ersten Blick denken könnte.

Dann ist also alles aufs beste eingerichtet in der besten aller neoklassischen Welten? Die einzige Rolle, die dem Staat zukommt, wäre ein bloßes »Laisser-faire«? Das nun auch wieder nicht. Es ist seine Pflicht, bestimmte Maßnahmen zu ergreifen, um den Bedingungen eines perfekten Marktes so nah wie möglich zu kommen: Er muß gegen Monopole und allzu dominante Unternehmen ankämpfen und die Schranken definieren, die den Marktzutritt regeln – kurz, die Konkurrenz steigern und für einen bestmöglichen Informationsfluß sorgen, damit die Preise – und das heißt eben auch die Löhne – so schnell wie möglich auf Angebot und Nachfrage reagieren. Die Regierenden müssen außerdem die Geldschöpfung kontrollieren, um eine Inflation zu verhindern, zumal eine Belebung auf geldpolitischem Weg keinerlei Einfluß auf Produktion und Beschäftigung hat.

Doch die Krise des Jahres 1929 brachte diese hübsche Theorie leider ins Wanken. Die Arbeitslosigkeit nahm dramatische Ausmaße an, zuerst in Amerika, dann auch in Europa. (John Steinbeck schildert in *Früchte des Zorns* die Tragik dieser Zeit hautnah.) Konnte man nun noch behaupten, daß die Schlangen ausgehungerter Arbeitsloser »freiwillig« ohne Arbeit waren? Kaum.

Genau dies war der Nährboden, auf dem der (inzwischen) sehr berühmte John Maynard Keynes, später trotz seiner bürgerlichen Herkunft Lord Keynes, seinen Ruf begründete. Einst Student und später Kollege von Marshall und Pigou in Cambridge, lehnte er sich gegen seine intellektuellen Väter auf, um seine »keynesianische Revolution« zu entfachen, die eine ungeheure Wirkung auf das Denken und die Geschichte der ersten Jahrhunderthälfte hatte. Damit auch das Anekdotische nicht zu kurz kommt: Keynes war ein ziemlich munterer, exotischer Geselle, wie die Eliten der britischen High-Society sie bisweilen hervorbringen. Den Freuden der reinen Wirtschaftswissenschaft höchst zugetan, war er zugleich alles andere als gleichgültig gegenüber irdischeren Genüssen. Als Ästhet und Künstlerfreund – er heiratete eine Primaballerina – gelangen ihm einige Börsen- und Währungsspekulationen. Böse Zungen behaupten, er habe sich unlauterer Informationen bedient. Bald kaufte er ein Restaurant, dessen Menüs er selbst zusammenstellte, eröffnete eine Bar, in der der Champagner in Strömen floß, erbaute ein Theater …

und brach 1937 mit einem Herzanfall zusammen, durch den er seitdem Halbinvalide war.

Das hinderte ihn jedoch nicht daran, weiter zu schreiben und zu lehren, Regierungsberater und streitbarer Unterhändler bei diversen internationalen Kongressen zu werden, so zum Beispiel bei der Konferenz von Bretton Woods, auf der nach dem Zweiten Weltkrieg ein neues internationales Währungssystem in die Wege geleitet wurde. Genießer, der er war – und der nur eins in seinem Leben bedauerte: nicht genug Champagner getrunken zu haben –, streckte ihn 1946 ein weiterer Herzanfall nieder, doch diesmal für die Ewigkeit.

Und was behauptete unser Professor in seinem berühmten, 1936 erschienenen Werk *Allgemeine Theorie der Beschäftigung, des Zinses und des Geldes?* Erstens, daß man bei der Analyse des wirtschaftlichen Gleichgewichts nicht weiter von der Hypothese einer vollkommenen Flexibilität der Preise ausgehen könne, insbesondere was die immer schlechter werdende Anpassung des Preises für Arbeit (das heißt des Lohns) betraf. Und zweitens, daß das Wirtschaftssystem sich nicht automatisch in einem Zustand der Vollbeschäftigung einpendele, wovon die Neoklassiker ausgingen.

Um dieses Argument zu begreifen, lohnt sich ein Umweg über die »Nachfragetheorie«, die der Franzose Jean-Baptiste Say zu Beginn des 19. Jahrhunderts entwickelte. Ganz im neoklassischen Geiste setzt diese Theorie voraus, daß »jedes Angebot sich selbst seine Nachfrage schafft«. Mit anderen Worten: Im Produktionsverlauf ergeben sich so viele Einkünfte, daß garantiert alle auf den Markt gebrachten Güter und Dienstleistungen verkauft werden. So wird automatisch die gesamte Produktion abgesetzt. Für Vollbeschäftigung ist damit garantiert gesorgt.

Und der Grund für dieses perfekte Ineinandergreifen? Die Zinsschwankungen auf dem Kapitalmarkt. Say und seine Kollegen gingen davon aus, daß die Einkünfte aller Wirtschaftssubjekte, die nicht verbraucht, das heißt gespart werden, automatisch wieder dem

Wirtschaftskreislauf zufließen, und zwar in Form von Investitionen. Findest du das erstaunlich? Nach Ansicht dieser Ökonomen legen die Sparer ihre Ersparnisse ganz einfach auf dem Finanzmarkt an, um Zinsen zu bekommen. Auf diese Weise wächst das Geldangebot, was die Zinsen sinken läßt. Die Zinssenkung wiederum ermutigt die Unternehmer, Gelder zu leihen, um Maschinen und Geräte zu kaufen (das heißt zu investieren).

Der Zinssatz wird so lange fallen, bis alle angelegten Ersparnisse wieder aufgebraucht, d.h. investiert sind. Insofern ist eine »Flucht« aus dem Wirtschaftskreislauf unmöglich. Die globale Nachfrage nach Gütern und Dienstleistungen (entweder in Form von Konsum oder in Form von Investitionen) gleicht sich automatisch dem Gesamtangebot dieser Güter und Dienstleistungen, die die Unternehmen anbieten, an. Angebot und Nachfrage bestimmen also wirklich jede wirtschaftliche Aktivität, auch den Zins. (Nur nebenbei bemerkt, die Modeerscheinung, ständig auf den Kapitalmarkt zu schimpfen, ist völlig unsinnig. Du siehst ja, welch entscheidende Rolle er bei der Finanzierung der Unternehmen spielt. Er ist deshalb enorm wichtig für einen funktionierenden Wirtschaftsapparat; auch wenn einem von den ungeheuren Summen, die da ständig zwischen allen möglichen Finanzplätzen der Welt hin und her geschoben werden, schwindlig werden kann.)

Keynes lehnte diese Erklärung ab. Für ihn war klar, daß ein Teil der Einkünfte von Angestellten und Unternehmern nicht über den Finanzmarkt wieder dem Wirtschaftskreislauf zugeführt werden konnte.

Wie das möglich ist? Ein Teil des verdienten Geldes wird aufbewahrt, es zirkuliert nicht und wird auch nicht investiert (thesaurieren nennt man das).

Wie oft hört man von alten Leuten, die trotz einer bescheidenen Rente Tausende von Mark in ihren Schränken horten. Hinter Keynes' Behauptung steht die Idee, daß manche Sparer fürchten, durch die oft unvorhersehbaren Zinsschwankungen Geld und wo möglich

100

ihren ganzen Besitz zu verlieren. Deshalb bewahren sie ihre Ersparnisse lieber schön bei sich zu Hause auf. Wenn sie daran auch nichts verdienen, so verlieren sie sie wenigstens nicht.

Infolgedessen können die Ersparnisse dieser Leute nicht von den Unternehmen investiert werden. Damit ist der Kreislauf unterbrochen, da die Unternehmen nun nicht mehr für die Sparer einspringen und für eine so große Nachfrage nach Gütern sorgen können, daß die gesamte Produktion abgesetzt wird. Und das hat verheerende Konsequenzen: Das Wirtschaftssystem kann sich nun auf einem Produktionsniveau stabilisieren, das *niedriger* liegt als die Vollbeschäftigung, das heißt in einem Konjunkturtief mit hoher Arbeitslosigkeit. Diese Arbeitslosigkeit ist dann eindeutig unfreiwillig, weil selbst bei einer Senkung der Löhne nicht mehr alle Arbeitslosen aufgenommen werden können. Das war, wie ich bereits sagte, Keynes' zweite Annahme, mit der er grundlegend von den Neoklassikern abwich.

Und wie läßt sich diese schwere Phase überwinden? Der Staat sollte die unzulängliche globale Nachfrage nach Gütern und Dienstleistungen kompensieren, indem er seine Ausgaben erhöht, sein Budget überschreitet oder die Zinsen senkt, das heißt mit Hilfe einer expansiveren Geldpolitik, bei der zusätzliches Geld in den Wirtschaftskreislauf gespritzt wird.

Diese Empfehlung befolgten die Regierungen natürlich gerne. In allen Ländern und vor allem nach dem Krieg wurde munter von ihr Gebrauch gemacht (und Mißbrauch getrieben). Und es ist kein Zufall, daß die öffentlichen Ausgaben seit etwa fünfzig Jahren derart gestiegen sind: Dafür sind Keynes' Ideen verantwortlich, wenn auch sicher nicht der einzige Grund. Keynes sorgte übrigens mit großem Interesse für die Verbreitung seiner Analysen. Er fürchtete die veralteten Vorstellungen von Beamten und Politikern. »Aber früher oder später sind es Ideen, und nicht erworbene Rechte, von denen die Gefahr kommt, sei es zum Guten oder zum Bösen.«[7]

Hatte der britische Professor damit recht? Im nächsten Kapitel werden wir auf diese Frage eingehen und die hitzigen Diskussionen meiner Generation beleuchten, die vielleicht auch noch deine Generation beschäftigen werden.

KAPITEL 9

Im Eifer des Gefechts

Wachstum und Beschäftigung: der Monetarismus und andere moderne Ansätze

Also, hatte Keynes nun recht oder nicht? Gibt es auf eine so knappe Frage überhaupt eine ebenso knappe Antwort? Das mit Sicherheit nicht, denn man muß schon zwischen den theoretischen Aspekten und den wirtschaftspolitischen Auswirkungen der Ideen von Keynes unterscheiden.

Die Krise des Jahres 1929 war wohl die schlimmste wirtschaftliche Zwangslage der Moderne. In diesem Zusammenhang war es eine geniale Idee unseres britischen Professors, zur damaligen Zeit eine Wiederbelebung der Nachfrage nach Gütern und Dienstleistungen zu empfehlen (die berühmte Ankurbelung). Das konnte nur gehen, indem die Kaufkraft erhöht wurde. Nur wenn ich mehr Geld habe, kann ich mehr ausgeben und damit die Nachfrage erhöhen. Das war natürlich tatsächlich eine bahnbrechende Idee, denn die Kaufkraft war von 1929 bis 1933 in den Vereinigten Staaten dramatisch gesunken. Unter diesen Umständen war es nicht verwunderlich, daß die Verkaufszahlen in den Keller purzelten, die Produktion den Bach hinunterging und die Arbeitslosigkeit explosionsartig zunahm.

Man darf nicht vergessen, daß es damals nur sehr annähernde statistische Erhebungen gab und daß man noch nicht von Wirtschaftsdaten überflutet wurde wie heute. Als Keynes eine Ankurbelung empfahl, hatte er sich deshalb vor allem auf seine theoretischen Analysen gestützt, womit er im übrigen nicht alleine stand.

Die Ansichten des englischen Lords lösten ein wahres keynesianisches und neokeynesianisches Fieber aus. Er hatte so viele Anhänger, daß wir heute schon von einem Fanclub sprechen würden. Keynes' theoretische Ausführungen wurden, wenn auch in leicht veränderter Form, zur herrschenden Lehrmeinung unter Ökonomen und politischen Entscheidungsträgern. Den Höhepunkt erreichte diese Begeisterung in den sechziger Jahren, als sogar mehrere glühende Keynes-Anhänger (Arthur Okun und die beiden Nobelpreisträger James Tobin und Paul Samuelson) den Präsidenten der Vereinigten Staaten, John F. Kennedy, in unterschiedlicher Eigenschaft berieten.

Es war eine Zeit, in der man sich großen ökonomischen Illusionen hingab, in der man alles für möglich hielt. Man glaubte, eine »Feinsteuerung« *(fine tuning)* der Wirtschaft vornehmen zu können, was bedeutet, daß die Regierenden das Wirtschaftsgetriebe beliebig »ankurbeln« oder »bremsen« und damit zuverlässig ein starkes Wachstum, Vollbeschäftigung und natürlich vollkommene Preisstabilität herbeiführen könnten. Die beste aller Welten, wie ich schon sagte!

Diese Hochstimmung dauerte nicht allzu lange an. Im Laufe der Jahre stieg nicht nur die Inflation, sondern auch die Arbeitslosigkeit, was in krassem Widerspruch zu den keynesianischen Regeln stand. Danach war nämlich ein gleichzeitiger Anstieg von Inflation und Arbeitslosigkeit unvereinbar. Und als dann zu Beginn der siebziger Jahre die Inflation in manchen Ländern zweistellige Zahlen erreicht hatte und die Arbeitslosigkeit sich auf einem noch nie dagewesenen Niveau befand, war der Boden für ein neues ökonomisches Modell bereitet. Das Standbild des Lord Keynes begann zu wanken unter den ständigen Angriffen der »Monetaristen« und ihres Anführers: Milton Friedman. (Auf den kamen wir ja schon im 4. Kapitel über die Inflation zu sprechen.)

Als glorreicher Absolvent der berühmten Universität von Chicago besaß er über seine theoretischen und empirischen Analysen hinaus (für die er 1976 den Nobelpreis erhielt) ein großes Kommunikationstalent, das ihm ein breites Publikum sicherte. Worin lag seine wesentliche Kritik am Keynesianismus?

Er stellte Keynes' Behauptungen über das geldwirtschaftliche Verhalten der Individuen sowie ihr Konsum- und Sparverhalten in Frage und ging der Rolle des Geldes tiefer auf den Grund. So konnte er belegen, daß heutzutage die allermeisten Menschen ihr Geld – abgesehen von dem, was sie für laufende Ausgaben brauchen – »arbeiten« lassen.

Die Ersparnisse werden im allgemeinen angelegt und damit wieder dem Wirtschaftskreislauf zugeführt. Das kann auf unterschiedliche Weise passieren: entweder über den Finanzmarkt oder über die Banken, die in unserer modernen Gesellschaft eine beachtliche Rolle spielen, da sie auch die Geldeinlagen der Kleinsparer in Form von Krediten an Privatleute und Unternehmen wiederverwerten. Doch auch die Sparer selbst tätigen irgendwann wieder Investitionen, indem sie sich Autos, Kühlschränke oder Stereoanlagen kaufen – du sparst ja auch schon lange auf deine Anlage –, was man als bleibende Vermögenswerte bezeichnet. Sie können aber auch in die eigene Ausbildung oder in die ihrer Kinder investieren. So gibt es viel weitreichendere Zusammenhänge zwischen Ersparnis, Geld und wirtschaftlicher Aktivität, als Keynes und die Neokeynesianer glaubten. Das Risiko einer dauerhaften Schwächung der Nachfrage, weil dem Wirtschaftskreislauf Ersparnisse nicht wieder zugeführt werden, ist deshalb minimal.

Friedman unterstrich genau wie Keynes die große Rolle von Erwartungen im Wirtschaftsgeschehen – besonders im Hinblick auf Inflation. Grundsätzlich ging er im Gegensatz zu Keynes aber davon aus, daß die Wirtschaftssubjekte (Haushalte und Unternehmen) nicht passiv auf eine Politik der Wiederbelebung reagieren: Sie passen ihr Verhalten immer den erwarteten Preisen und ihrem voraussichtlichen Einkommen an und lernen aus ihren Fehlern. (Diese Vorgänge werden wir im nächsten Kapitel genauer betrachten.)

FÜNFZIG DEUTSCH
HUNDERT DEUTSCH
100

Und welche Schlußfolgerungen zog jener Mann, den manche schon zum »Adam Smith unseres Jahrhunderts« gemacht haben? Sie waren ebenso revolutionär wie Keynes' Kritik an den Neoklassikern. Eine Ankurbelung der Wirtschaft durch höhere Staatsausgaben oder sogar durch Haushaltsdefizite hat seiner Meinung nach nur eine sehr begrenzte, wenn nicht gar negative Wirkung auf Wachstum und Beschäftigung. Der Staat muß sich dann Geld auf dem Kapitalmarkt leihen, um seine Ausgaben zu finanzieren. Damit wächst die Geldnachfrage, was zu einem Ansteigen des Zinssatzes führt. Durch diese Anhebung der Zinsen hemmt der Staat wiederum private Investitionen. Die positive Wirkung der öffentlichen Ausgaben auf die globale Nachfrage nach Gütern und Dienstleistungen wird sogleich wieder geschmälert oder gar aufgehoben. Und damit wäre eine der Grundüberzeugungen der Neokeynesianer vom Tisch! Die hatten den Regierungen und Zentralbanken ja empfohlen, über den Weg der Geldschöpfung die Wirtschaft zu beleben und die Unterbeschäftigung zu bekämpfen. Damit destabilisieren sie aber nur das System und schüren die Preisexplosion. Eine weitere wichtige Empfehlung der schlauen Keynesianer war vom Tisch! Denn mit der Inflation steigen auch die Löhne, was zumindest längerfristig der Beschäftigung nicht zugute kommt, ganz im Gegenteil. Den Unternehmern wird die Einstellung zusätzlicher Arbeitnehmer zu teuer. Insofern ist der Kampf gegen die Arbeitslosigkeit komplizierter, als man geglaubt hatte. Nur über die Reform staatlicher Regelungen und des Marktgeschehens kann er angegangen werden. Es ist also eine komplette Strukturreform nötig. Keynes hatte erst einmal ausgedient.

Doch damit hörte der Feldzug keineswegs auf. Immer neue Stimmen meldeten sich zu Wort. Wo Milton Friedman und mit ihm andere, weniger bekannte Ökonomen wie Karl Brunner und Allan Meltzer noch einräumten, daß eine Haushalts- und Währungspolitik kurzfristig Einfluß auf Wachstum und Beschäftigung haben könne (»Kurzfristig gesehen sind wir alle Keynesianer«, sagte er gerne, um ein bißchen Verwirrung zu stiften), wiesen die Anhänger der »Theorie der rationalen Erwartungen«, die Mitte der siebziger Jahre einen Boom erlebte, selbst diese Möglichkeit zurück.

Für Robert Lucas und mit ihm Thomas Sargent, Neil Wallace und Robert Barro war diese Art von Politik kurz- und langfristig gesehen zum Scheitern verurteilt, und zwar deshalb, weil die Arbeitnehmer, Unternehmer, Investoren und Verbraucher sich an ihr verändertes Umfeld anpassen, weil sie lernfähig sind, weil sie ihre Haltung ändern, sobald eine neue Politik umgesetzt wird, weil sie eben keine Roboter sind.

Eine Haushalts- und Währungspolitik kann sich nur dann auf die wirtschaftliche Aktivität und die Beschäftigung auswirken, wenn die Individuen sich in ihren Erwartungen – besonders, was die Preise betrifft – irren oder, besser gesagt, wenn die Staatsorgane es schaffen, sie reinzulegen. Deshalb kann nur eine Politik, die sich nicht voraussagen läßt, eine Wirkung haben.

Das hatte Friedman schon so ähnlich formuliert; aber die Vertreter der Theorie der rationalen Erwartungen gehen jetzt noch weiter: Sie sind der Ansicht, daß man die Leute gar nicht systematisch täuschen kann, weil sie sehr schnell an alle Informationen über die wirtschaftlichen Bedingungen herankommen und diese auch verwenden; sie passen dann ihr Verhalten rasch jenen neuen Informationen an, womit jede Politik, die über den Haushalt, das Steuerwesen oder die Geldmenge Einfluß nehmen will, wirkungslos wird. All dies wurde mit einem so beeindruckenden theoretischen Apparat dargelegt, daß der ganze Berufsstand in höchste Aufregung geriet – und erst recht die Verantwortlichen in Sachen Wirtschaft, als sie erfuhren, was diese akademischen Schreiberlinge da ausgebrütet hatten.

Robert Lucas war übrigens das Nesthäkchen des überaus exklusiven Klubs der Nobelpreisträger für Wirtschaftswissenschaften: Er erhielt den Preis im Oktober 1995 mit weniger als sechzig Jahren, was höchst selten vorkommt! Und noch etwas – er teilte sich den Preis mit seiner Exfrau: Bei ihrer Scheidung sieben Jahre zuvor hatte sie eine ungewöhnliche Klausel durchgesetzt: Sollte ihr Gatte vor dem 31. Oktober 1995 den höchsten Preis der Schwedischen Akademie der Wissenschaften empfangen, würde ihr die Hälfte des Preisgeldes, das heißt eine halbe Million Dollar, zustehen. Perfektes Timing, findest du nicht? Und eine hübsche Anwendung der Theorie der rationalen Erwartungen.

Der König Keynes war nun von seinem Thron gestürzt.

Doch die Neokeynesianer erholten sich wieder. So versucht die »neue keynesianische Ökonomie« seit den achtziger Jahren, die Herausforderung der »Monetaristen« und »neuen Klassiker« anzunehmen, die den Markt wieder in den Mittelpunkt gestellt und dem Staat eine bescheidenere Rolle zugewiesen haben. Diese »neuen Keynesianer« schenken den Steuerungsmechanismen des Marktes weniger Vertrauen. Sie denken nämlich an die Probleme, die durch Konkurrenz und schlechten Informationsfluß entstehen können, und versuchen, eine Steuerung der Preise und Löhne theoretisch zu begründen. Damit wäre ein gewisses Eingreifen des Staates wieder vertretbar – auch wenn sie selbst die Hypothese der rationalen Erwartungen, die den neuen Klassikern so lieb und teuer ist, akzeptieren.

In Fragen der Wirtschaftspolitik stimmen sie im großen und ganzen mit den Monetaristen und sogar mit den »moderaten« neuen Klassikern überein; denn auch sie lehnen Maßnahmen zur Wiederbelebung der Nachfrage ab, bei denen über den Haushalt und die Geldmenge Wachstum und Beschäftigung dauerhaft gefördert werden sollen.

Nun wetzen aber auch schon jene, die vielleicht die »neuen neuen Klassiker« sein werden, ihre Messer: Sie analysieren den oben erwähnten Anpassungsprozeß und die Wirkung von Erwartungen genauer, um so mehr über individuelle Verhaltensweisen und damit auch über die Wirksamkeit wirtschaftspolitischer Maßnahmen zu erfahren.

An diesem Punkt stehen wir jetzt. Der Kampf ist noch nicht beendet. Er ist jedoch nicht mehr so erbittert wie noch vor einigen Jahren. Und da soll sich noch ein Mensch auskennen, denkst du jetzt vielleicht.

Daß es nicht immer einfach ist, durch die vielen verschiedenen Theorien durchzusteigen, will ich gar nicht leugnen. (Selbst Albert Einstein fand das schwierig: »Eine neue Theorie zu ersinnen ist nicht das gleiche, wie eine alte Scheune abzureißen, um dort einen Wolkenkratzer zu errichten. Es ist eher wie die Besteigung eines Berges, bei der man auf ungeahnte Landschaften stößt und durch den erweiterten Horizont neue Zusammenhänge zwischen dem Ausgangspunkt und der fruchtbaren Umgebung entdeckt. Doch dabei ist der Ausgangspunkt niemals verschwunden, man kann ihn nach wie vor betrachten, auch wenn er kleiner wirkt und nur ein zweitrangiges Element des allgemeinen Ausblicks ist, der sich, je besser man die Hindernisse beim Aufstieg beherrscht, auf tut.«[8]) Dabei sind die wirtschaftspolitischen Auswirkungen all dieser Theorien gar nicht so kompliziert. Ich will dir hier meinen Standpunkt nur kurz erläutern, dann kannst du mir sagen, was du davon hälst, denn auf diese Fragen werden wir noch zurückkommen.

Ich denke nicht, daß eine Politik der Ankurbelung *überhaupt keinen* Einfluß auf Wirtschaftsaktivität und Beschäftigung hat, wie die »Hardliner« der neuen Klassiker meinen. Doch dauert dieser Einfluß nur eine Weile an, und je größer der Informationsfluß in Sachen Wirtschaft ist, desto schneller erschöpft er sich. Während eine Politik à la Keynes in den fünfziger und sechziger Jahren noch eine beachtliche und einigermaßen dauerhafte Wirkung haben konnte, ist dieser Einfluß heute geringer und von kürzerer Dauer. Du hättest gerne ein bißchen genauere Angaben, was ich mit »kürzerer Dauer« meine? Nun gut, ich gebe nach, wenn auch ungern, weil man es einfach nicht genau sagen kann: Es hängt ab von den Ausgangsbedingungen, von der Art der Maßnahmen, vom Land und seinen Strukturen. Etwas in der Größenordnung von einem Jahr scheint mir aber eine vernünftige Schätzung zu sein, was die reale Wirkung auf

Wachstum und Beschäftigung betrifft. Der Einfluß auf die Inflation kann dagegen länger andauern, etwa zwei Jahre.

Aber ich bitte dich, nimm diese Zahlen jetzt nicht allzu wörtlich, sie sind nur ein ungefährer Rahmen und öffnen deshalb, wie du dir sicher denken kannst, allen Diskussionen über die jeweils geeignete kurz- oder mittelfristige Politik Tür und Tor (besonders, wenn Wahlen anstehen). Deshalb gibt es eine Empfehlung seitens der Monetaristen, die mir wesentlich scheint: Mittelfristig sollte man glaubwürdige Ziele feststecken, ankündigen und dann auch einhalten, nicht nur was die Entwicklung des Geldvolumens betrifft, sondern auch im Hinblick auf die Steuern, die öffentlichen Ausgaben und andere Instrumente, die den Markt betreffen. Das heißt, alle kurzfristigen wirtschaftspolitischen Maßnahmen einschränken, die keine dauerhafte Wirkung auf die Wirtschaftsaktivität und den Arbeitsmarkt haben, und dafür eher zu einer mittelfristigen, stabilen und vorhersehbaren Wirtschaftspolitik greifen. Auch wenn hier ein erster Schritt schon getan ist, bleibt immer noch viel zu tun.

Jetzt bist du aber wirklich voll im Bilde. Allerdings sollten wir uns noch näher mit dem Problem der Arbeitslosigkeit beschäftigen, jenem Krebsgeschwür unserer Gesellschaft. Und dabei hoffentlich ein paar Tips bekommen, wie es am schmerzlosesten zu entfernen ist.

Kapitel 10

Traumkurven und andere Illusionen

Arbeitslosigkeit und wirtschaftliche Aktivität

Ich denke, es ist überflüssig, dich extra darauf hinzuweisen, wie ernst die Lage auf dem Arbeitsmarkt gegen Ende dieses Jahrtausends tatsächlich ist. Davon betroffen fühlst du dich wahrscheinlich ohnehin, zumal die Arbeitslosigkeit an erster Stelle Jugendliche und Frauen trifft.

Sollte sich die Wirtschaftswissenschaft nicht wenigstens in diesem Bereich schuldig bekennen und ihre schmähliche Niederlage eingestehen? Auch wenn es dich überrascht, ich würde diese Frage eher mit nein beantworten, denn die Ökonomen haben mehr zu diesem Problem zu sagen, als mancher Spötter großspurig behauptet. Befassen wir uns also noch einmal mit einigen Ideen, über die wir schon diskutierten, und beleuchten sie unter einem anderen Aspekt, damit ihre Aussagekraft deutlicher wird.

Für die Anhänger von Keynes hat das Übel seinen Ursprung in einer zu geringen weltweiten Nachfrage nach Gütern und Dienstleistungen. In bestimmten Zeiten (etwa während der Krise des Jahres 1929) kann eine Wiederbelebung über den Weg der Nachfrage für einen bestimmten Zeitraum durchaus wirkungsvoll sein. Auf einen längeren Zeitraum gesehen (sagen wir seit 1960) ist es aber schwierig, den schleichenden Anstieg der Arbeitslosigkeit damit zu erklären, daß nicht genug gekauft wird; besonders wenn diese Arbeitslosigkeit mit einem starken Preisanstieg einhergeht.

Die Diskussion darüber ist noch nicht beendet, aber die meisten Ökonomen glauben nicht mehr, daß die Arbeitslosigkeit sich durch eine Förderung der Nachfrage deutlich und dauerhaft senken läßt. Die meisten bezweifeln auch, daß man die Arbeitslosigkeit langfristig bekämpfen kann, indem man eine Inflation herbeiführt.

Über diese Theorie, welche auf die statistischen Untersuchungen des Engländers Phillips im Jahre 1958 zurückgeht, ist viel geschrieben worden. Er entwickelte die berühmte »Phillips-Kurve«, die ein umgekehrtes Verhältnis zwischen Inflation und Arbeitslosigkeit nahelegte. Selbst wenn die Ankurbelung dem Preisanstieg Vorschub leistete, war das nicht weiter schlimm, schließlich war er ja *das* Heilmittel für Vollbeschäftigung: hohe Inflation – niedrige Arbeitslosenquote. Doch dann, Ende der sechziger Jahre, kam der große Schock: Inflation und Arbeitslosigkeit stiegen gleichermaßen an. Was war geschehen? Stand die Erde nun kopf?

Die ersten, die mit einer Erklärung für dieses Phänomen aufwarten konnten, waren die beiden großen Kritiker Milton Friedman und Edmund Phelps. Für sie war die »Phillips-Kurve« nur eine optische Täuschung. Für einen kurzen Zeitraum gab es tatsächlich ein umgekehrtes Verhältnis zwischen Inflation und Arbeitslosigkeit, doch nach einer Weile stieg die Arbeitslosigkeit wieder an und erreichte ihr anfängliches Niveau, und auch der Preisanstieg schnellte weiter nach oben. Wie kommt es zu dieser Entwicklung?

Die Arbeitnehmer realisieren zunächst die durch die Ankurbelung der Wirtschaft provozierte Inflation nicht. Ihnen ist nicht bewußt, daß ihre Kaufkraft durch den Preisanstieg sinkt. Sie glauben, besser bezahlt zu werden, als dies tatsächlich der Fall ist (die Ökonomen sagen, daß ihr *Reallohn* gesunken ist).

Für die Unternehmen wiederum ist es in dieser Phase interessant, mehr Leute einzustellen, weil die höheren Preise, die sie für ihre Güter bekommen, die Kosten für Lohnausgaben übertreffen (die *realen* Lohnkosten sind ja gesunken). Somit steigt die Beschäfti-

gung. Und alles ist aufs beste eingerichtet in der besten aller Arbeitswelten. Bis dann ...

Ja, bis dann die harte Wirklichkeit wieder die Oberhand gewinnt: Irgendwann werden die Arbeitnehmer den Preisanstieg nämlich nicht mehr übersehen können und entsprechende Gehaltsforderungen stellen, die zu ausgleichenden Lohnerhöhungen führen. Damit hat die Illusion ein Ende. Der Anstieg der Lohnkosten bewegt die Unternehmen nun dazu, Personal abzubauen. Und damit wären wir wieder am Ausgangspunkt angelangt. Die Arbeitslosigkeit, die vorübergehend abgenommen hatte, erreicht wieder ihr anfängliches Niveau.

Und wie reagieren nun unsere keynesianischen Entscheidungsträger auf diese Verschlechterung der Lage? Sie werden wieder die Nachfrage beleben und damit die Inflation beschleunigen, die – solange nicht mit ihr gerechnet wird – Arbeitsplätze schafft. Doch sobald die Information über einen zusätzlichen Preisanstieg in den Köpfen angekommen ist, ziehen auch die Löhne nach, und die Arbeitslosigkeit steigt wieder auf ihr Ausgangsniveau an. Die Inflation pendelt sich ihrerseits auf einem etwas höheren Niveau ein.

Und wie reagieren unsere keynesianischen Entscheidungsträger nun wieder darauf? Indem sie erneut eine Wiederbelebung einleiten... die schließlich die gleichen Konsequenzen haben wird. Und so geht es immer weiter, mit dem Ergebnis, daß die Arbeitslosigkeit unverändert bleibt und die Inflation kontinuierlich steigt.

Das war's dann wohl für Herrn Phillips und seine Traumkurve. Es sei denn, die öffentliche Hand entschließt sich zu einer Politik, bei der die Inflation fortwährend beschleunigt wird, um auf diese Weise die Wirtschaftssubjekte nicht minder fortwährend zu »täuschen«. Aber irgendwann kommt ja doch immer die Stunde der Wahrheit, da man nicht ständig alle und jeden täuschen kann... und sofort bricht das Kartenhaus in sich zusammen. Wie eine Droge verschafft die Ankurbelung ein paar kurze Momente des Glücks, die aber teuer bezahlt werden, sobald die Begeisterung nachläßt!

Die Anhänger der Theorie der rationalen Erwartungen sind da strenger. Für sie ist die »Phillips-Kurve«, selbst kurzfristig gesehen, ein Hirngespinst. Eine Politik der Wirtschaftsankurbelung kann ihrer Meinung nach nur dann eine Wirkung haben, wenn sie unvorhersehbar ist. Und wie läßt sich das erreichen? Die Politiker müssen sich vom Zufall lenken lassen. Nur so kann man die Wirtschaftssubjekte in ihren Erwartungen täuschen und einen wirklichen Einfluß auf die Wirtschaft ausüben. Sonst nähme der Markt nämlich die politischen Maßnahmen vorweg, und niemand ließe sich von den Manipulationen der Staatsorgane an der Nase herumführen. So kann es zu einem regelrechten Katz-und-Maus-Spiel zwischen Staat und Markt kommen, bei dem jeder versucht, die Pläne des anderen zu durchkreuzen. Eine besonders stabile Wirtschaft erreicht man so jedenfalls nicht.

Deshalb empfiehlt es sich für die Regierenden nicht, dieses zum Scheitern verurteilte Spielchen mitzumachen: Lieber eine vorhersehbare, solide Wirtschaftspolitik führen als sich in willkürliche Aktionen zur Steuerung der Nachfrage stürzen, die die Arbeitslosigkeit senken oder das Wachstum fördern sollen.

Diese »harte« Position zum Verhältnis von Inflation und Arbeitslosigkeit ist wahrscheinlich überzogen. Es gibt aber eine gemäßigtere monetaristische Interpretation, die nichtsdestotrotz stichhaltig ist. Sie wird heute im übrigen auch von den »neuen« oder »Post«-Keynesianern akzeptiert, auch wenn diese dabei manchmal noch etwas differenzieren.

Sie erklärt, warum eine Politik zur Wiederbelebung der Nachfrage früher größeren Einfluß hatte als heute: Heute nehmen wir Preissteigerungen sehr viel schneller wahr. Wir können uns mittels elektronischer Medien in Sekundenschnelle weltweit informieren. Früher merkten die Leute nicht so schnell, daß die Preise schon wieder gestiegen waren. Die hohe Nachfrage hielt trotz des Preisanstiegs an. Heute ist es immer schwieriger geworden, den Leuten über die Preisentwicklung etwas vorzumachen. Deshalb hat eine

Politik der Ankurbelung einen immer geringeren und kürzeren Einfluß auf Wachstum und Beschäftigung.

Laß mich das Ganze noch einmal zusammenfassen. Nur wenn mit einer Inflation nicht gerechnet wird, kann sie zu einer besseren Beschäftigungslage führen (nämlich dann, wenn die Leute einer »monetären Illusion« aufsitzen, wenn sie also glauben, mehr Geld zu besitzen, als sie tatsächlich haben). Und das ist seit einigen Jahren immer weniger der Fall. Umgekehrt führt eine Senkung der Inflationsrate, mit der nicht gerechnet wird, zu einer Zunahme der Arbeitslosigkeit und einer Verlangsamung des Wachstums. Um solche Erschütterungen zu vermeiden, sollte eine solide und vorhersehbare Politik mit mittelfristigen Vorgaben geführt werden.

Heißt das, daß man nichts gegen die Arbeitslosigkeit unternehmen kann? Zum Glück nicht. Man muß auf die sogenannte NAIRU einwirken, die *Non Accelerating Inflation Rate of Unemployment*. Hier die deutsche Übersetzung: die Arbeitslosenquote, bei der die Inflation nicht beschleunigt wird.

Die NAIRU ist also jene Arbeitslosenquote, die mit einer stabilen Inflation einhergeht. Man könnte sie auch als jene Arbeitslosenquote begreifen, bei der sich die Wirtschaft einpendelt, wenn niemand einer »monetären Illusion« aufsitzt. Sie wird deshalb auch als »natürliche Quote« bezeichnet. Es ist jene Langzeitarbeitslosigkeit, die von keinen Schwankungen der Nachfrage abhängt und langfristig auf keine Politik der Wirtschaftsankurbelung reagiert.

Das bedeutet aber nun nicht, daß diese Arbeitslosigkeit sich niemals verändert und durch nichts einzudämmen ist. Sie entwickelt sich und sieht von Land zu Land anders aus. Seit den sechziger Jahren hat sie zwar so ziemlich überall zugenommen, in Europa ist sie jedoch höher als in den Vereinigten Staaten oder in Japan.

Wie lassen sich diese Zunahme und die Unterschiede zwischen den einzelnen Staaten erklären?

Normalerweise führt man hier die wirtschaftlichen und gesellschaftlichen Strukturen an. Kurz, die Arbeitslosigkeit hängt in gewisser Weise davon ab, welche Gesellschaft wir im wahrsten Sinne des Wortes »wählen«. Sie ist aber keineswegs unabwendbar – allerdings nur unter einer Bedingung: Wir müssen bereit sein, dem Markt und dem Staat eine andere Rolle zuzugestehen, was den Umgang mit der Arbeitslosigkeit betrifft. Und das ist gar nicht einfach, weshalb wir dieser Frage auch – das ist doch sicher in deinem Sinne – ein weiteres Kapitel widmen werden.

Kapitel 11

Irgendwo ist immer ein Haken ...

Die strukturelle Arbeitslosigkeit

Will man die Arbeitslosigkeit wirklich verringern, so muß man es also beherzt und voller Elan mit dieser hartnäckigen NAIRU (s. S. 88) aufnehmen. Um aber die richtigen Kampftechniken zu beherrschen und der List des Gegners ein Schnippchen schlagen zu können, ist es absolut notwendig, die Spielregeln gut zu kennen. Deshalb sollte man sich eingehend mit den Mechanismen des Arbeitsmarktes befassen. Nur so kann man wirklich begreifen, was eigentlich vor sich geht, ohne sich in Stammtischparolen zu ergehen und Vorurteilen aufzusitzen.

Da es auf dem Arbeitsmarkt direkt um Menschen geht, ist dies ein ganz spezieller Markt mit gewissen Besonderheiten. Allerdings sollte man auch bei ihm, will man seine Mechanismen verstehen, das gute alte Gesetz von Angebot und Nachfrage nicht vergessen. Direkte staatliche Eingriffe oder ganz bestimmte wirtschaftliche, soziale oder ideologische Umstände können diese Mechanismen nämlich empfindlich durcheinanderbringen. Das geschieht zum Beispiel, wenn allzu strenge Bestimmungen bezüglich der Löhne erlassen oder wenn bestimmte Faktoren, die das Verhalten der Stellensuchenden oder -anbieter beeinflussen, verändert werden.

Steigen wir also ein und sehen uns mal die Lohnkosten an. Diese können für wenig qualifiziertes Personal (das heißt im Wirtschaftsjargon wenig »produktives« Personal) ab einem bestimmten Niveau zu hoch für die Unternehmen sein. Die Arbeitgeber wären dann zwar durchaus bereit, Arbeitskräfte einzustellen, aber nur, wenn sie dies nicht so viel kosten würde. Das ist jedoch nicht möglich, da die Gesetze und Sozialabgaben eine Senkung der Lohnkosten nicht erlauben. Und das Ergebnis? Eine Einstellungsschranke vor allem für jene, die nicht ausreichend qualifiziert sind oder denen es an Berufserfahrung fehlt, und die sich deshalb als »weniger produktiv« erweisen. Zu hohe Lohnkosten verringern demnach auch die Einstellungschancen junger Leute, die noch am Anfang ihres Berufslebens stehen.

Um mit dieser Situation fertig zu werden, halten manche eine Abschaffung oder zumindest Lockerung der tarifvertraglichen Vorschriften zum Mindestlohn für das naheliegendste Mittel, die Beschäftigung wieder anzukurbeln. (Einige Regierungen haben dies getan, so etwa in den Niederlanden, die man wohl kaum einer rückschrittlichen Sozialpolitik bezichtigen kann. Sie schufen zum Beispiel einen eigenen »Mindestlohn für Jugendliche«, der unter dem für Erwachsene liegt. In Ländern wie den Vereinigten Staaten ist der Mindestlohn übrigens so niedrig, daß er der Beschäftigung ohnehin nicht im Wege steht.)

Andere wieder bestreiten, daß der Arbeitsmarkt ein ganz normaler Markt sei, der sich durch eine Preisangleichung nach unten ganz von selbst steuert und auch steuern sollte. Ihrer Meinung nach würde das dadurch erzeugte starke Lohngefälle zu allzu großen sozialen Ungleichheiten führen, unter denen der soziale Frieden zu leiden hätte.

Man kann also von zwei gegensätzlichen Modellen sprechen: auf der einen Seite ein Modell, bei dem ein relativ schwaches Lohngefälle herrscht (und eine recht hohe soziale Absicherung), das aber dafür eine hohe Arbeitslosigkeit in Kauf nehmen muß; auf der anderen Seite ein Modell, bei dem größere Lohnunterschiede und aufgrund der niedrigen Gehälter auch größere Armut herrschen, das aber dafür eventuell eine annehmbare Arbeitslosenquote aufweist.

Wie dem auch sei, in Europa ist man sich weitgehend einig darüber, daß eine Senkung der Lohnkosten *für die am wenigsten qualifizierten Arbeitnehmer* ein Anreiz für deren Einstellung ist. Eine weitere Möglichkeit bestände darin, die (oft sehr hohen) Sozialbeiträge, welche die Unternehmen und Arbeitnehmer auf die Löhne entrichten müssen, zu senken. Was den Lehrstellenmangel in Deutschland betrifft, so gibt es bereits Überlegungen, zum Beispiel einen Berufsschultag zu streichen, damit es für die Unternehmer attraktiver wird, überhaupt Lehrlinge einzustellen. Welche der denkbaren Lösungen anvisiert wird, müssen aber die Staaten und politischen Systeme entscheiden und nicht die Ökonomen.

Das soll jetzt nicht heißen, daß die hohen Lohnkosten die Erklärung schlechthin für Arbeitslosigkeit unter wenig qualifizierten Arbeitskräften oder Berufseinsteigern sind. So können die Unternehmen in Phasen großer Arbeitslosigkeit zum Beispiel auch auf eine größere Anzahl an qualifizierten Kräften zurückgreifen, die bereit sind, auch weniger anspruchsvolle und schlechter bezahlte Arbeiten anzunehmen.

Unsere Ökonomen haben darüber hinaus weitere Gründe aufgezeigt, wie mangelnde Flexibilität in die Arbeitslosigkeit führt. Zunächst ist da einmal die Macht der Gewerkschaften, die zumindest in manchen Ländern erfolgreich für ein hohes Lohnniveau gekämpft haben und damit aber auch gegen die Beschäftigung wirken. Hinzu kommt ein Konflikt zwischen den Leuten, die eine Stelle haben, und denen, die eine suchen: Dadurch, daß erstere sich für hohe Löhne stark machen, bremsen sie die Einstellung Arbeitssuchender, die bereit wären, auch für niedrigere Löhne zu arbeiten. Häufig verzichten die Unternehmer dann lieber darauf, die Löhne zu senken (und dafür mehr Mitarbeiter einzustellen), um »die Moral der Truppe« aufrechtzuerhalten. Sie wollen die qualifizierten Arbeitnehmer davon abhalten, das Unternehmen zu verlassen und in ein anderes einzusteigen, wo bessere Bedingungen locken. Dafür müssen dann die Arbeitslosen, die bereit wären, zu niedrigeren Löhnen zu arbeiten, bezahlen.

In all diesen Fällen sind die Löhne zu hoch, als daß alle Stellensuchenden eingestellt werden könnten. Und je weniger dann auch noch die Stellensuchenden den Erfordernissen des Unternehmens entsprechen, desto gravierender wird dieses Problem.

Auch die Sozialleistungen haben Einfluß auf die Arbeitslosigkeit. Die Höhe und Dauer der Arbeitslosenunterstützung kann Arbeitslose nämlich dazu anhalten, sich schneller oder langsamer eine neue Stelle zu suchen. Es ist sicher kein Zufall, daß in den Ländern, wo diese Vergütungen am spärlichsten ausfallen (den Vereinigten Staaten und Japan), auch die Wartezeit zwischen zwei Jobs kürzer ist als in den Ländern mit großzügigerer Unterstützung (zum Beispiel im guten alten Europa).

Es gibt übrigens Leute, die auf dem Standpunkt stehen, daß die Arbeitslosengelder besser eingesetzt wären, wenn sie direkt an Unternehmen gingen, die dafür Mitarbeiter einstellen würden. Warum nicht, wenn diese »Subvention« die Kosten der betroffenen Gruppe von Arbeitskräften senken und damit die Arbeitgeber dazu bringen würde, *zusätzliche* Arbeitsplätze zu schaffen. Es müßte aber sichergestellt werden, daß die Arbeitgeber nicht einfach vom unverhofften Geldsegen profitierten, ohne mehr Mitarbeiter einzustellen, als sie dies ohnehin getan hätten, und es müßte eine Verpflichtung sein, Langzeitarbeitsplätze zu schaffen, die natürlich bald vom Arbeitgeber selbst getragen werden.

Was die sogenannten ABM-Stellen betrifft (ABM steht für Arbeitsbeschaffungsmaßnahme), die ja vom Staat heftig subventioniert werden, so können sie nur eine Notlösung sein, wenn sie nicht zu einem soliden Beruf führen. Außerdem kann ihre Finanzierung zur Folge haben, daß der Haushalt außer Kontrolle gerät, wovor man sich hüten sollte…

Langzeitarbeitslose (also Leute, die seit mehr als einem Jahr ohne Beschäftigung sind) haben mit ganz besonderen Schwierigkeiten zu kämpfen. Sie verlieren nicht nur Mut und Motivation, wenn sie zu lange vergeblich nach einer Arbeit gesucht haben, sondern stoßen obendrein auf Widerstand seitens der Arbeitgeber, die häufig an ihrer beruflichen Eignung zweifeln. Deshalb ist die Arbeitslosenquote in den Ländern höher, in denen der *Anteil* an Langzeitarbeitslosen besonders groß ist. Und deshalb ist es auch so wichtig, spezielle Maßnahmen zur Bekämpfung dieser Form von Arbeitslosigkeit zu ergreifen.

Jüngere Analysen führen zur Erklärung der steigenden NAIRU eher Faktoren an, die keinen direkten Einfluß auf den Markt ausüben. Die »Hauptschuldigen« sind danach: die öffentlichen Ausgaben, die Staatsschulden sowie die Steuern und Sozialabgaben, da diese sich auf die Wirtschaftsstrukturen auswirken. Mangelnde Flexibilität und zu starke »Reglementierung« der Güter- und Dienstleistungsmärkte wirken ebenfalls negativ, denn sie hemmen in bestimmten Bereichen, wie etwa dem Dienstleistungssektor, die Schaffung von Arbeitsplätzen. (Denk nur an das vielzitierte »Jobwunder USA«, wo die Arbeitslosenquote in jüngster Zeit durch eine massive Arbeitsplatzbeschaffung im Dienstleistungssektor extrem gesenkt werden konnte.)

Ach, und noch was; es gibt einen weitverbreiteten Irrtum, der darin besteht, den technischen Fortschritt für die zunehmende Arbeitslosigkeit verantwortlich zu machen. Nein, Maschinen zerstören keine Arbeitsplätze. Das ist nur eine jahrhundertealte Angst, die seit der industriellen Revolution regelmäßig wiederkehrt, sobald sich die wirtschaftliche Situation verschlechtert. Nein, Maschinen zerstören keine Arbeitsplätze, sondern verlagern sie nur. Natürlich gehen in manchen Bereichen und Unternehmen auch Arbeitsplätze verloren. Dafür werden aber in anderen welche geschaffen. Die Geschichte hat gezeigt, daß technischer Fortschritt und Innovationen im allgemeinen mehr Arbeitsplätze schaffen als zerstören. Das läßt sich so illustrieren: Stell dir vor, daß ein genialer Professor eine Pille ent-

wickelt, mit der sich die Produktivität jedes Individuums um das Zehnfache erhöhen läßt (das heißt die Leistung in einer bestimmten Arbeitszeit). Wird diese Zauberpille jetzt genauso wie der technische Fortschritt Arbeitsplätze zerstören und die Arbeitslosigkeit in die Höhe schießen lassen? Die Antwort liefert uns unsere eigene Geschichte: Seit Beginn des Jahrhunderts hat sich die Arbeitsproduktivität nämlich genau um das Zehnfache erhöht. Unter diesen Umständen hätte sich die Zahl der Arbeitsplätze entsprechend verringern müssen. In Wirklichkeit ist aber das Gegenteil eingetreten. Sicher geschieht das nicht immer sofort. Übergangsphasen sind unumgänglich. Und sicher ist diese Anpassung manchmal schmerzhaft und kann mit einer vorübergehenden Arbeitslosigkeit einhergehen (hier kann der Staat einspringen, indem er durch ein soziales Netz, durch Ausbildung etc. hilft, schwierige Momente zu überbrücken...). Außerdem konnten die Löhne und der Lebensstandard kräftig steigen – und die Arbeitszeit gehörig gesenkt werden... womit alle mehr Freizeit haben.

Ich möchte dieses Kapitel noch einmal zusammenfassen. Was den Kampf gegen die Arbeitslosigkeit betrifft, sind sich die Ökonomen über einige Grundprinzipien recht einig, nämlich: flexiblerer Umgang mit Löhnen und Senkung der Kosten für nichtqualifizierte Arbeit, besonders wenn diese Arbeitskräfte jung sind; flexiblere Arbeitszeiten (Teilzeitarbeit oder selbstgewählte Arbeitszeiten). Auch eine Verkürzung der Arbeitszeit ist denkbar, aber nur unter der Bedingung, daß diese Verkürzung die Produktion nicht hemmt und nicht zu höheren Kosten führt, denn sonst steigt die Arbeitslosigkeit wieder an! Die Unternehmen müssen diese Frage also mit Rücksicht auf ihre jeweilige konkrete Situation beantworten. Auf keinen Fall dürfen entsprechende Gesetze von oben diktiert werden.

Die Ökonomen empfehlen außerdem: eine Reform der Arbeitslosenunterstützung, um die Betroffenen zu einer schnelleren Stellensuche zu motivieren; eine Verbesserung der beruflichen Ausbildung, Qualifikation und Kompetenz der Arbeitskräfte; die Entwicklung von besonderen Programmen für Langzeitarbeitslose; die Senkung verschiedener Schranken, die den Zugang zu den Märkten verhindern, sei es der Arbeits-, der Güter- oder der Dienstleistungsmarkt.

Diese Heilmittel stehen also zur Verfügung. Gerechterweise sollte man sagen, daß die Regierungen bereits angefangen haben, sie einzusetzen, aber in viel zu kleinen Dosen. Nachdem die Krankheit Arbeitslosigkeit, zumindest in Europa, solch bedrohliche Ausmaße angenommen hat, ist vielleicht sogar eine Operation erforderlich geworden. Heilmittel nach dem Motto »den technischen Fortschritt bremsen« oder den eigenen Markt abschotten, wie das der Protektionismus vorhat, sind jedenfalls keine Lösung.

Bleibt noch eine radikale Möglichkeit: auf eine Gesellschaft zusteuern, in der die Arbeit nicht mehr den zentralen Platz einnimmt, den sie heute hat, was dir – und mir übrigens auch – sehr gefallen würde. Ich bezweifle aber, daß diese Traumgesellschaft, in der alle wenig arbeiten und gut dabei leben, so schnell kommen wird ... zumal uns unser globales Umfeld, selbst wenn wir es wollten, die Sache nicht erleichtern wird. Wir hängen alle voneinander ab, ganz egal, aus welchem Land wir kommen, deshalb ist es auch so wichtig, diese Verflechtungen besser zu verstehen und uns einen größeren Durchblick durch den internationalen Wirrwarr zu verschaffen.

KAPITEL 12

Auf in den Börsenzirkus!

Die Wechselkurse und das internationale Währungssystem

»Das internationale Währungssystem steckt in einer Krise.« – »Gefährlicher Dollarsturz.« – »Gefährlicher Höhenflug des Dollars.« – »Die Peseta wird abgewertet.« – »Die Wechselkurse spielen verrückt.« – »Angleichung der Wechselkurse im Europäischen Währungssystem.«

Seit einigen Jahren wimmelt es in den Zeitungen von solchen Überschriften. Wahrscheinlich werden sie noch lange in regelmäßigen Abständen auf allen Titelseiten prangen. Wie soll man sich in diesem ständigen Auf und Ab der Währungen nur zurechtfinden?

Fangen wir einfach ganz von vorne an: nämlich beim Ursprung dieses ganzen Zirkus – dem Wechselkurs (oder der Parität) einer Währung. Was versteht man darunter? Ganz einfach, das ist der Preis, den man in einer Währung zahlen muß, um eine andere zu kaufen. Was uns betrifft, so ist das zum Beispiel die Menge an D-Mark, die man braucht, um einen Dollar zu kaufen. Wenn auf dem Devisenmarkt – also dem Markt für Währungen – der D-Mark-Preis in Dollar sinkt (man braucht weniger Dollar, um eine D-Mark zu kaufen), bedeutet dies, daß die D-Mark gegenüber dem Dollar an Wert verliert. Umgekehrt wird sie aufgewertet, wenn man mehr Dollar ausgeben muß, um die gleiche Menge an D-Mark zu bekommen.

Auf einem freien Devisenmarkt hängt also der Wechselkurs der einzelnen Währungen wieder mal vom guten alten Gesetz des Ange-

USA
Japan
Italien
Spanien
Belgien
100 Yen
100 pta
100 hfl
100 bfr

bots und der Nachfrage ab. Da dieser Kurs nichts anderes ist als der Preis einer Währung in einer anderen, haben alle Faktoren, die die Nachfrage nach einer Devise (also einer Währung) beeinflussen, unweigerlich eine Wirkung auf den Wechselkurs. Und was sind das für Faktoren?

Sie unterteilen sich in drei Kategorien. Zunächst ist da einmal der internationale Handel. Jedesmal, wenn ein Deutscher zum Beispiel amerikanische Produkte kauft (Autos, Computer, Jeans ...), muß dafür in Dollar gezahlt werden, zwar nicht vom Endverbraucher, aber dafür vom Importhändler, der zum Kauf der amerikanischen grünen Scheine D-Mark verkaufen muß.

Zweitens kann Sachkapital wie Fabriken oder Maschinen von einem Land zum anderen den Besitzer wechseln. Wenn IBM einen kleinen Hersteller von Computerteilen in Deutschland aufkaufen will, muß IBM dafür mit seinen Dollars D-Mark erwerben. Das passiert jedesmal, wenn Ausländer auf fremdem Boden direkt investieren.

Und drittens werden durch Geldanlagen auf den Finanzmärkten, in den Banken oder an der Börse Währungen untereinander gehandelt, was sich auf die Paritäten auswirkt.

Jetzt wirst du mich bestimmt in die Enge treiben und mir die zwangsläufige Frage stellen: »Das ist ja schön und gut, aber ... wie kommt der einzelne zu seiner Entscheidung, Währungen zu kaufen oder zu verkaufen, in Fabriken zu investieren oder Gelder im Ausland anzulegen?« Dafür sind die Zinsen und die berühmten *Fundamentals* (Fundamentaldaten), über die wir im Zusammenhang mit dem Zinssatz schon sprachen, verantwortlich. (Das waren Wachstum, Inflation, Staatsdefizit, Produktionskosten, Geldpolitik etc.) Zumindest kurzfristig gesehen spielen aber auch die Erwartungen im Hinblick auf diese Daten oder – direkter – im Hinblick auf die Währungsentwicklung auf den Märkten eine Rolle, egal ob sie nun richtig oder falsch sind.

Nur als Beispiel: Wenn die Eingriffe der deutschen Geldpolitik nachlassen (oder die Märkte damit rechnen), ohne daß dies durch die äußeren Bedingungen gerechtfertigt wäre, werden die internationalen Partner von einer Verschlechterung unserer Wirtschaftslage ausgehen (zum Beispiel von einer Steigerung der Inflation). Aus Angst, Geld zu verlieren, werden sie einen Teil ihrer an der Börse oder auf den Finanzmärkten angelegten Gelder ins eigene Land zurückbringen, wodurch es zu einem erhöhten Verkauf von D-Mark kommt, deren Kurs damit fallen wird.

Wenn sich aber das Wirtschaftswachstum und die Perspektiven verbessern, wird dies unserem Export zugute kommen und zu direkten Investitionen und Geldanlagen in Deutschland anregen: Damit steigt die Nachfrage nach D-Mark, und diese wird aufgewertet. Das gleiche passiert, wenn bei uns die Inflation oder die Inflationserwartungen geringer werden.

Wenn allerdings bei uns die Zinsen sinken, das heißt das Entgelt für in Deutschland angelegte Gelder weniger wird, werden die großen Versicherungsgesellschaften, die internationalen Kapitalverwalter und die Rechnungsführer der Großunternehmen ihr Geld schnell aus Deutschland abziehen, um es zum Beispiel in Amerika anzulegen, wo es einen vergleichsweise größeren Gewinn bringt. Ergebnis: Der D-Mark-Kurs sinkt. Wenn mehrere dieser ungünstigen Faktoren zugleich zum Tragen kommen (durch fehlendes Vertrauen in die Wirtschaftspolitik des Landes), kommt es zu einer »D-Mark-Krise«. Die D-Mark erlebt einen »Sturz«.

Diese Entwicklungen auf den Devisenmärkten können enorm sein, da es um ungeheure Summen geht. Wußtest du, daß heute, am Ende des zweiten Jahrtausends, *täglich* etwa 1300 Milliarden Dollar auf den Devisenmärkten getauscht werden? Die Erwartungen der Märkte können sich in Lichtgeschwindigkeit ändern – aufgrund von ein oder zwei ungünstigen Anzeichen oder einer ungeschickten Äußerung eines Politikers können auch die Devisenhändler ihre Sicht der Wirtschaftsentwicklung oder der Parität einer Währung urplötzlich ändern und diese dadurch abstürzen lassen.

Wenn sie sich umgekehrt eingeredet haben – ohne auf ihre grundlegenden Parameter zu schauen –, daß eine Währung »steigen« wird, werden sie diese kaufen und dadurch ihre Aufwertung herbeiführen. So machen diese »Spekulanten« dann die Erfahrung, daß ihre Erwartungen richtig waren. Ihr Vertrauen in die entsprechende Währung wächst. Sie wollen noch mehr davon. Und auf diese Weise kann der Kurs einer Währung beständig steigen, ohne daß die wirtschaftlichen Fundamentaldaten sich auch nur im mindesten verändert und dieser Aufwertung Vorschub geleistet hätten.

Aber leider kann dieser Auftrieb ein jähes Ende nehmen. Dazu brauchen unsere Spekulanten nur plötzlich einzusehen, daß die wirtschaftlichen Grundfaktoren den Höhenflug der betroffenen Währung gar nicht rechtfertigen, und sofort fangen sie an, sie genauso schnell wieder zu verkaufen, wie sie sie eingekauft hatten, womit ein um so gravierenderer Kurssturz herbeigeführt wird.

Solche spekulativen Höhenflüge sind zum Glück nicht an der Tagesordnung. Im allgemeinen scheinen die Spekulanten eher dazu zu neigen, die Wechselkurse zu stabilisieren, aber das tun sie nicht aus Großmut oder Menschenliebe. Nein, sie tun es ganz einfach, weil es in ihrem Interesse liegt (ja genau, Adam Smith und seine lieben Metzger, Bierbrauer und Bäcker lassen grüßen). Wollen sie Profite machen, so müssen unsere internationalen Kursspekulanten eine Devise kaufen, wenn ihr Kurs niedrig ist (und damit die Nachfrage nach dieser Währung steigern, sprich ihren Kursanstieg provozieren). Wenn der Kurs dann hoch steht, müssen sie sie wieder verkaufen (und damit den Kurs wieder senken, indem sie ihr Angebot vergrößern). So bremsen sie die Preisschwankungen zwischen den Devisen eher, als daß sie sie verstärken.

Neben dem System der freien Wechselkurse gibt es drei andere Systeme, die die Währungsschwankungen und ihre möglicherweise destabilisierende Wirkung auf die Volkswirtschaften eindämmen sollen: das Devisensystem mit festen Wechselkursen, die von der öffentlichen Hand festgelegt werden und (theoretisch) nicht schwanken können; das System mit festen Wechselkursen, die aber in regelmäßigen Abständen angeglichen werden können; oder das Mischsystem, bei dem die Währungen sich innerhalb bestimmter, vorher von den Staaten festgelegter Grenzen bewegen können (was man mit dem Europäischen Währungssystem tun wollte).

Die Wechselkurse bleiben allerdings nicht stabil, weil die öffentliche Hand es so beschlossen hat. Stabilität gibt es nur, wenn die Zentralbanken in den Devisenmarkt eingreifen.

Wenn zum Beispiel die Nachfrage nach D-Mark sinkt, wird auf einem freien Markt auch der Wert der D-Mark gemindert. Das System mit festen Wechselkursen verbietet eine solche Entwertung. Die Bundesbank muß daher mit ihren eigenen Dollarreserven auf dem Markt D-Mark kaufen, um deren Nachfrage zu stärken und sie auf dem offiziellen Niveau zu halten. Wenn sie keine Dollarreserven mehr hat, kann sie die D-Mark auch nicht mehr auf ihrem ursprünglich vorgesehenen Kurs halten. Die festen Wechselkurse sind dann nicht mehr haltbar.

Wenn wir schon dabei sind, können wir uns auch noch über die Wirkung dieser Eingriffe auf die Geldschöpfung unterhalten. Wenn unser oberster Geldhüter, die Bundesbank, D-Mark kauft, entzieht sie den Geschäftsbanken flüssige Mittel (bei ihnen kauft sie ja mit ihren Dollars D-Mark ein). Die Banken haben dann nicht mehr soviel Geld in nationaler Währung, das sie verleihen könnten. Damit verlangsamt sich die Geldschöpfung.

Kommen wir aber wieder zu unserem Thema zurück. Nach dem Zweiten Weltkrieg hatte die internationale Gemeinschaft ein System stabiler Wechselkurse errichtet, das man das Bretton-Woods-Abkommen nennt (nach dem Tagungsort in New Hampshire, an dem 1944 jene Gründungskonferenz stattfand, an der auch Keynes teilnahm). Dieses System hat es jedoch nicht weit gebracht und wurde 1973 endgültig zu Grabe getragen.

Die expansive Geldpolitik der Vereinigten Staaten hatte nämlich dazu geführt, daß die Zentralbanken der restlichen Welt von Dollarreserven nur so überquollen. Da die anderen Länder sich dieser Reserven zunehmend entledigen wollten, übten sie starken Druck auf die amerikanische Währung aus. Und da die Vereinigten Staaten außerdem unzufrieden mit einem System waren, das sie zu sehr einengte, wurde es kurzerhand aufgegeben. Das war das Ende der Konvertierbarkeit des Dollars zu einem vorher festgelegten Kurs. Mit den stabilen Wechselkursen war es nun vorbei.

Ein System mit feststehenden Paritäten kann nur funktionieren, wenn die betroffenen Länder ihr Tun koordinieren und eine aufeinander abgestimmte Politik führen, das heißt, wenn ihre Grunddaten sich im Gleichklang befinden.

Ist die Währung eines Landes zu schwach, so muß sie durch Stützkäufe der anderen Länder gesichert werden. Irgendwann sind aber die Reserven der Zentralbanken erschöpft, und die festgesetzten Paritäten können nicht mehr verteidigt werden. Dann kommt es zu »Abwertungen« (die Regierungen müssen den offiziellen Kurs der schwachen Währungen nach unten angleichen) und zu »Aufwertungen« (der offizielle Kurs der starken Währungen wird nach oben angeglichen).

Angesichts der horrenden Summen, die heute im Handumdrehen zwischen Paris und London, New York und Frankfurt, Singapur und den Caymaninseln hin und her bewegt werden (ich wiederhole: 1300 Milliarden Dollar pro Tag), wäre es wünschenswert, wenn es weltweit stabile Wechselkurse gäbe. Die Europäer haben mit dem Europäischen Währungssystem (EWS) 1979 diesen Weg eingeschlagen. In diesem System darf es Währungsschwankungen geben, die jedoch gewisse, von den Staaten festgelegte Grenzen nicht überschreiten dürfen. Durch die Harmonisierung der Wirtschaftspolitik im Rahmen der europäischen Einigung war dies eine annehmbare Herausforderung. Diverse »Krisen« und (mehr oder weniger überstürzte) »Angleichungen« der Wechselkurse waren damit allerdings nicht ausgeschlossen ... eben dann, wenn die Länder die Notwendigkeit einer Abstimmung vergaßen und jeder für sich herumdokterte.

Wenn alles wie vorhergesehen abläuft, sollen 1999 die Paritäten unwiderruflich festgesetzt werden, damit dann im Jahre 2002 eine einheitliche Währung für ganz Europa geschaffen werden kann, was natürlich, das mußt du zugeben, der sicherste Weg ist, Währungsschwankungen aus dem Weg zu räumen ... Schließlich gibt es dann gar keine Wechselkurse mehr, zumindest nicht zwischen den Währungen dieses Systems.

Wie du dir denken kannst, wird mit dieser Perspektive die Gründung einer europäischen Zentralbank erforderlich, deren Aufgabe darin bestehen wird, diese neue Währung – den Euro – gut zu »managen«. Ganz schön hochfliegende Pläne, was?

Soviel zum Devisenhandel. Dann können wir uns ja jetzt in die verschlungenen Wege des internationalen Handels mit Gütern und Dienstleistungen einarbeiten. Das machen wir aber erst im nächsten Kapitel.

KAPITEL 13

Von Professoren und Sekretären

Der internationale Handel

Warum gibt es eigentlich internationalen Handel? Schließlich sind wir durchaus in der Lage, gute Fernsehgeräte und sogar Computer herzustellen. Warum importieren wir dann erstere aus Japan und letztere aus den Vereinigten Staaten? Wäre es im Hinblick auf Beschäftigung und Lebensstandard in unserem Land nicht viel besser, wir würden uns vor den Importen dieser Ausländer schützen, damit unsere heimischen Produzenten mehr zum Zuge kommen? Und sollten wir nicht angesichts des »unlauteren Wettbewerbs«, dem die »Niedriglohnländer« uns unterwerfen, die Einfuhr dieser ausländischen Produkte wenn nicht verhindern, so doch wenigstens bremsen? Warum also wird internationaler Handel getrieben?

Den ersten Grund lassen meist alle gelten: Wir essen gerne Bananen, trinken gerne guten Kaffee und freuen uns über das Benzin, das unsere alte »Karre« immer noch auf Touren bringt. Leider ist es hierzulande ein bißchen zu kalt für exotische Früchte und Kaffeeplantagen, und mit Vorräten an schwarzem Gold haben uns die Götter leider auch nicht gesegnet. Schade.

Um unsere Bedürfnisse und Wünsche zu erfüllen, brauchen wir deshalb andere, genauso wie die anderen uns brauchen, um die Produkte zu bekommen, die es bei ihnen aus klimatischen, geologischen oder anderen Gründen nicht gibt. Klare Sache, wirst du jetzt sagen. Sicher. Aber das ist nicht der einzige Grund, warum Länder

Handel miteinander treiben. Ganz und gar nicht. Die entscheidende Erklärung ist die Theorie der »komparativen Kostenvorteile«. Das heißt im Klartext, ein Land kann ein Produkt besonders kostengünstig herstellen und spezialisiert sich auf dieses Produkt, um es international anzubieten. Wir werden darauf noch genauer zu sprechen kommen.

Dieser Theorie liegen die Überlegungen eines der großen Vordenker der Ökonomie nach Adam Smith zugrunde: David Ricardo. (Der war vielleicht erfinderisch! Als gerissener Bankier und Finanzier war er ein Mann der Tat, wie er im Buche steht. Napoleon hatte er es zu verdanken, daß er sich ein Vermögen erwerben konnte, indem er unmittelbar vor der gewaltigen Schlappe, die der ruhmreiche Kaiser in Waterloo hinnehmen mußte, Wertpapiere des englischen Staates kaufte, um diese kurz darauf mit riesigem Profit wieder zu verkaufen. Das hinderte ihn allerdings nicht daran, 1817 das wahrscheinlich erste Werk reiner Wirtschaftstheorie zu verfassen: die *Grundsätze der politischen Ökonomie und Besteuerung*. Er bekam sogar einen Sitz im britischen Unterhaus, wo er sich durch seinen Einsatz für Belange hervortat, die seinen persönlichen Interessen zuwiderliefen.) Seine Theorie der komparativen Kostenvorteile ist seitdem weiterentwickelt und vertieft worden, der Grundgedanke bleibt aber derselbe.

Greifen wir zu einem Beispiel. Ich kenne einen Professor, der auf der Tastatur wahre Wunder vollbringt und genauso schnell tippt wie sein Sekretär. Sollte er deshalb seinen Mitarbeiter entlassen und all seine Arbeiten und Briefe selbst tippen? Auf keinen Fall! Es liegt ganz in seinem Interesse, seine extrem gut bezahlten Arbeitsstunden und seine Energie auf die eigenen Studien zu verwenden und seinem Sekretär, der einen geringeren Stundenlohn hat, das Tippen zu überlassen. Warum? Weil das Tippen – und sei es auch auf einem noch so leistungsfähigen Computer – für unseren Professor höhere Kosten mit sich bringt. Man spricht von den sogenannten Opportunitätskosten, die in unserem Fall dadurch entstehen, daß der Professor seine Zeit damit verbringt, die eigenen Manuskripte abzutippen, anstatt viele wichtige, brillante Artikel und Bücher zu schreiben (eine Arbeit, die nur eine hochqualifizierte und folglich teure Kraft leisten kann). Selbst wenn er noch schneller tippen könnte als sein Sekretär (dem gegenüber er dann einen »absoluten Kostenvorteil« besäße), sollte er sich trotzdem besser auf seine eigentlichen Aufgaben, Lehre und Forschung, spezialisieren. Denn hier ist sein absoluter Kostenvorteil ihm gegenüber natürlich noch viel größer (was man zumindest hoffen sollte ...).

Dieses Prinzip trifft genauso auf die Handelsbeziehungen zwischen den Nationen zu und begründet den größten Teil des internationalen Warenaustauschs. Zwei Länder profitieren davon, sich zu spezialisieren und untereinander Waren auszutauschen, wenn eins der beiden in der Produktion bestimmter Güter und Dienstleistungen besser ist als das andere (es braucht weniger Ressourcen, sei es Kapital oder Arbeitskraft). So ist es vorteilhaft für eine Nation, ein Produkt zu importieren, selbst wenn sie es im eigenen Land selbst produzieren könnte, denn auf diese Weise kann sie sich auf die Herstellung jener Produkte spezialisieren, in der sie *effizienter* ist.

In dieser Regel liegt übrigens der Ursprung aller Handelsbeziehungen, ob sie nun zwischen Ländern, Regionen oder Personen in ein und demselben Gebiet bestehen. Der Grund für Handel und Arbeitsteilung ist immer der gleiche: die *relative* Präferenz der Tauschpartner für eine Ware gegenüber einer anderen, das heißt, sie ziehen eine Ware einer anderen vor, oder der *relative* Vorteil, der sich für die Produzenten in der Herstellung einer Ware gegenüber einer anderen ergibt.

Deshalb ist es keinesfalls ein Angriff auf unseren Nationalstolz, wenn wir japanische Fernseher oder amerikanische Computer importieren! Im Gegenteil – unser Lebensstandard ist dadurch höher, als wenn wir den Import dieser Güter verbieten würden, um sie bei uns herzustellen. Unter diesem Gesichtspunkt kann das *made in Germany* dem *made in America* durchaus unterlegen sein.

ÖL
PAZIFISCHER
OZEAN
INDISCHER OZEAN
PAZIFISCHE

Aber wie läßt sich überhaupt einschätzen, ob wir auf diesem oder jenem Gebiet besser oder schwächer sind als die anderen? Klar, der Markt ist oberste Instanz, das heißt die Kosten, zu denen wir die Produkte herstellen, und der Preis, zu dem wir sie verkaufen können. Länder exportieren meistens Waren, bei denen sie in Produktionskosten und Preis (für eine entsprechende Qualität) einen relativen Vorteil haben. Für Importe gilt umgekehrt dasselbe.

China exportiert heute vor allem Fahrräder und Spielzeug, Korea Fernseher, Brasilien Stahl etc. Deutschland ist bekannt für Fotoapparate, Frankreich für Kohle und England für Textilwaren.

Die komparativen Kostenvorteile und die daraus folgende Spezialisierung sind übrigens nicht ein für allemal festgelegt. Sie entwickeln sich im Lauf der Zeit, wobei der technische Fortschritt, Innovationen und Forschung, die Ausbildung der Menschen, die Höhe der Löhne und politische Entscheidungen eine Rolle spielen, es sei denn, sie sind durch natürliche, klimatische oder geographische Ressourcen begründet. Doch auch hier gilt, daß Öl sich durch alternative Energieträger ersetzen läßt (von den Möglichkeiten der Biotechnologie einmal ganz zu schweigen, dank derer eines Tages auf Grönland Bananen wachsen werden, wenn das nicht sogar schon der Fall ist!).

Über die Gründe für den internationalen Handel haben wir ausführlich diskutiert, und ich denke, daß ich dich von den Vorteilen des freien Handels zwischen den Nationen überzeugen konnte. Jetzt laß mich dir aber auch mein Leid klagen. Es gibt nämlich noch großen Widerstand gegen den freien Warenaustausch. Und häufig kommt es zu Angriffen auf diese Freiheit.

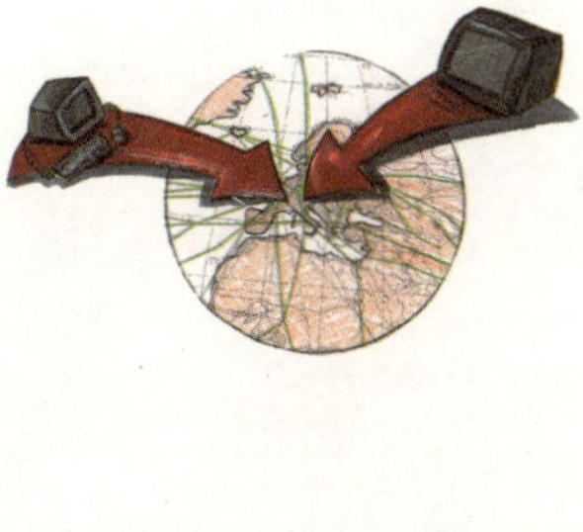

Kapitel 14

Nieder mit der Sonne!

Internationaler Handel und Protektionismus

Warum sind die Staaten so oft versucht, ihre eigenen Märkte zu schützen, also protektionistisch zu handeln? Warum sind alle Länder ausnahmslos bereit, die vom Gesetz der komparativen Kosten vorgegebene goldene Regel auf die eine oder andere Weise zu verletzen – obwohl es bestimmt *der* Bereich ist, in dem die Ökonomen am weitesten übereinstimmen? Ist es die krasse Unwissenheit unserer politisch Verantwortlichen oder die Inkompetenz ihrer Berater? Nein, die wichtigsten Gründe für diese protektionistische Versuchung liegen woanders.

Internationale Handelsbeschränkungen zielen häufig darauf ab, bestimmte Sektoren, die von der ausländischen Konkurrenz besonders bedroht sind, zu schützen. Wie soll man auch in den Bereichen Textil, Schuhe oder der Montage von Elektrogeräten mit gleichen Waffen gegen Länder kämpfen, in denen die Löhne zehn- oder fünfzehnmal niedriger sind als bei uns? Das ist doch eindeutig unlauterer Wettbewerb, oder etwa nicht? Deshalb müssen die betroffenen Industriezweige geschützt werden, damit unsere Arbeitsplätze und unser Lebensstandard erhalten bleiben. (Oder wir müssen verhindern, daß diese Industrien »ausgelagert« werden, das heißt sich auf Kosten unserer Arbeitsplätze davonmachen, um in Niedriglohnländern zu produzieren.) Eigentlich ist es doch eine logische und natürliche Entscheidung, die eigenen Industriezweige

schützen zu wollen, oder nicht? Wie soll man auch anders reagieren, wenn man an die Probleme der Menschen denkt, die durch eine solche Konkurrenz womöglich arbeitslos werden?

Die (brutale) Antwort der Ökonomen auf diese Fragen ist deutlich. Sie verfügen über ein erstklassiges theoretisches Werkzeug. Du kennst es: das Gesetz der komparativen Kostenvorteile. Wenn wir in Niedriglohnländern Schuhe, Hemden und Fernsehgeräte kaufen, profitieren wir davon genauso wie die entsprechenden Exportländer. Natürlich wird in den betroffenen deutschen Regionen die Produktion dieser Güter zurückgehen, wenn nicht sogar ganz aufhören, wodurch viele Beschäftigte entlassen werden. Produktion und Beschäftigung werden sich aber auf andere Sektoren konzentrieren, die einen komparativen Vorteil bieten (zum Glück gibt es die!).

Wenn dieser Anpassungsprozeß beendet ist, werden die Arbeiter, die in den wenig konkurrenzfähigen Unternehmen ihre Stellung verloren haben, in expandierenden Unternehmen unterkommen und dabei in der Regel höhere Löhne erhalten. Durch den internationalen Handel wächst der wirtschaftliche Wohlstand und übersteigt den Verlust durch die schwindenden Industriezweige.

Dazu ein konkretes Beispiel: Wenn du dir für 70 DM importierte Schuhe kaufst, anstatt dafür bei einem heimischen Hersteller 140 DM hinzulegen, wird dieser gezwungen sein, seine Produktion herunterzufahren und Personal abzubauen, und vielleicht sogar pleite gehen (es sei denn, er führt Neuerungen ein, wozu manche ja glücklicherweise doch in der Lage sind). Aber man darf sich hier nicht so sehr vom äußeren Schein (der Zerstörung von Arbeitsplätzen) blenden lassen, daß man die versteckteren, aber ebenso realen Konsequenzen gar nicht sieht. Von den 70 DM, die du durch den Kauf eines im Ausland hergestellten Produkts gespart hast, wirst du dir vielleicht zwei gute Bücher kaufen oder endlich in deinem Traumrestaurant essen gehen. Dadurch werden natürlich Produktion und Beschäftigung im Verlagswesen und Gaststättengewerbe gefördert. Was man auch nicht gleich sieht, ist, daß das Geld, das der Schuhhersteller einkassiert hat, auf die eine oder andere Weise – und womöglich auf langen, verschlungenen Wegen durch die gesamte Weltwirtschaft – durch den Kauf anderer Waren und Dienstleistungen wieder der deutschen Wirtschaft zugeführt wird.

Dann läuft also alles bestens. Es lebe der Freihandel!

All das ist richtig – und hat trotzdem einen Haken. Wir sprachen ja schon bei den komparativen Kostenvorteilen darüber, daß die Anpassungen nicht im Handumdrehen über die Bühne gehen. Es kann sogar ziemlich lange dauern und recht schmerzhaft sein. Die Umstellung von Industriezweigen und die Umschulung von gekündigten Mitarbeitern lassen sich nicht ohne Anstrengungen bewältigen. Die Stellensuche kann überaus langwierig sein, besonders wenn ein inflexibler Arbeitsmarkt diese Anpassungen behindert – auch über das Thema Arbeitslosigkeit haben wir ausführlich diskutiert. Vom internationalen Handel und der Spezialisierung können also alle Beteiligten nur *langfristig* profitieren. Kurzfristig müssen die Kosten auf die eine oder andere Weise getragen werden. Was nicht heißt, daß wir die langfristige Perspektive vergessen. Einfach alle Grenzen zu schließen, damit gar keine Umstellung nötig wird, hieße wirklich, das Kind mit dem Bade auszuschütten. Außerdem würde man damit den Schrecken der dreißiger Jahre wieder heraufbeschwören, als ein zunehmender Protektionismus dazu beitrug, daß der Lebensstandard massiv sank und eine nicht minder massive Arbeitslosigkeit um sich griff.

Nein, das ist keine Lösung. Die Lösung liegt eher in Steuerungsmechanismen, die dafür sorgen, daß der Arbeitsmarkt besser funktioniert und flexibler wird. (Gerade die wenig qualifizierten und insofern auch schlecht bezahlten Arbeitnehmer sind vom internationalen Wettbewerb am stärksten betroffen; deshalb sind Maßnahmen, die auf diese Gruppe abzielen, besonders notwendig.) Ein gutes Ausbildungssystem und effiziente Hilfsprogramme bei Stellensuche und Umschulung können hier ihren Beitrag leisten, betroffene Arbeiter vor ausländischer Konkurrenz zu schützen.

An dieser Stelle kann ich es mir nicht verkneifen, einen französischen Ökonomen und Satiriker zu zitieren. Frederic Bastiat, Bauer, Friedensrichter, Schrifsteller, Publizist, Pamphletist und Abgeordneter, wandte sich im 19. Jahrhundert an die Mitglieder des Abgeordnetenhauses, und zwar mit einer »Petition der Hersteller von Kerzen, Talglichtern, Lampen, Leuchtern, Straßenlaternen, Lichtputzscheren und Löschhütchen sowie der Fabrikanten von Talg, Öl, Harz, Alkohol und allem, was mit Beleuchtung zu tun hat«. Er war so aufgebracht über den zunehmenden Protektionismus in Frankreich, daß er folgende bissige Satire schrieb:

Sehr geehrte Herren,

Sie machen sich viele Gedanken über das Schicksal der Hersteller. Sie möchten sie von jeder äußeren Konkurrenz befreien, mit einem Wort, Sie wollen den *heimischen Markt* allein für *heimische Arbeit* reservieren...

Wir müssen aber die unerträgliche Konkurrenz einer ausländischen Rivalin hinnehmen, die, wie es den Anschein hat, bei der Produktion von Licht von Bedingungen profitiert, die unsere bei weitem übersteigen, und so unseren *heimischen Markt* mit Licht zu absurd herabgesetzten Preisen geradezu *überschwemmt;* sobald sie auftaucht, hat es mit unserem Geschäft ein Ende, alle Verbraucher wenden sich ihr zu, und auf einmal stagniert eine ganze, weitverzweigte Branche der heimischen Industrie.

Diese Rivalin, die niemand anderes ist als die Sonne, führt einen so erbitterten Kampf gegen uns, daß man meinen möchte, unsere englischen Feinde hätten sie uns geschickt... zumal sie jener hochmütigen Insel eine Rücksicht entgegenbringt, auf die sie uns gegenüber vollkommen verzichtet.

Wir fordern höflichst die Einführung eines Gesetzes, das den Verschluß aller Fenster, Dachluken, Lichtöffnungen, Fensterläden, Vorhänge, Oberlichter und Rouleaus gebietet, mit einem Wort aller Öffnungen, Löcher, Spalten und Risse, durch die das Sonnenlicht in unsere Häuser einzudringen pflegt und damit den schönen Industrien zum Nachteil gereicht, mit denen wir, ohne uns schmeicheln zu wollen, dieses Land ausgestattet haben, welches sich heute nicht so undankbar zeigen wird, uns in diesem ungleichen Kampf im Stich zu lassen...

Mit Ihren Einwänden haben wir durchaus gerechnet, meine Herren; aber Sie werden nicht einen einzigen vorbringen... der sich nicht sofort gegen Sie selbst und gegen das Prinzip, das Ihre ganze Politik bestimmt, wenden wird...

Die menschliche Arbeit und die Natur tragen je nach Land und Klima in unterschiedlichem Maße zur Schaffung eines Produktes bei. Der Beitrag der Natur ist dabei immer kostenlos; erst die Arbeit macht den Wert und Lohn eines Produktes aus.

Wenn eine Orange aus Lissabon nur halb so teuer ist wie eine aus Paris, dies dann, weil die Orange aus Lissabon mit natürlicher und somit kostenloser Wärme wachsen konnte, die aus Paris hingegen in künstlicher und damit teurerer Wärme.

Entscheiden Sie, doch seien Sie logisch dabei; denn wäre es nicht, solange Sie ausländische Steinkohle, Stoffe, Eisen und Weizen *in dem Maße* zurückdrängen, wie ihre Preise gegen Null streben, höchst inkonsequent, das Sonnenlicht, dessen Preis *bei Null* liegt, den lieben langen Tag hinzunehmen?«[9]

Hier findet sich wieder, worüber wir vorhin sprachen: *Im Durchschnitt* profitiert die Gemeinschaft vom internationalen Handel, aber der Nutzen ist nicht gleichmäßig verteilt, und manche können sogar Verluste erleiden. Diese ungleichmäßige Verteilung der Vor- und Nachteile ist der Hauptgrund für den Widerstand gegen eine völlige Liberalisierung des internationalen Handels.

Nachteile erleiden die Hersteller und ihre Angestellten, die nicht mehr wettbewerbsfähig sind. Und was passiert dann? Diejenigen, die zumindest kurzfristig gesehen zu den Verlierern zählen, haben großes Interesse daran, Druck auf die staatlichen Organe auszuüben, damit diese Schutz- oder Hilfsmaßnahmen ergreifen (Zollgebühren, Einfuhrquoten, quantitative Beschränkungen, Subventionen etc.). Den anderen Wirtschaftszweigen und den Verbrauchern ist oft nicht bewußt, welchen Nutzen die internationale Öffnung für sie hat, weshalb sie sich nicht ausreichend darum bemühen, das politische System im Sinne des Freihandels zu beeinflussen.

Und natürlich gibt es durchaus Argumente, die für ein gewisses Maß an Schutz sprechen. Sie sind allerdings mit Vorsicht zu genießen. Das bekannteste gilt den »Industriezweigen im Aufbau«. Wie ein allzu anfälliges Kind müssen gewisse vielversprechende Industriezweige vor den Härten eines zu wettbewerbsorientierten Umfeldes geschützt werden. Dieser Schutz dauert so lange, bis sie sich dem internationalen Markt stellen können. Allerdings besteht die Gefahr, daß solche Argumente mißbraucht werden und der Schutz niemals aufhört.

Ein anderes Argument geht dahin, daß gewisse Industriezweige, die für die nationale Verteidigung oder für die Unabhängigkeit des Landes unentbehrlich sind, geschützt werden müssen. Die (politische) Gültigkeit dieser These läßt sich kaum abstreiten. Aber auch hier sollte man sich vor Mißbrauch hüten! Denn manch eine Industrie findet gute Gründe, einen strategischen Nutzen für das Land einzuklagen... und deshalb bis in alle Ewigkeit geschützt zu werden.

Eine bestimmte Form des Schutzes läßt sich vertreten, aber nur, wenn sie vorübergehend als strategisches Mittel benutzt wird, andere Länder, die einen Protektionismus praktizieren, zur Öffnung ihrer Märkte zu zwingen. »Wenn du meine Produkte bei dir nicht reinläßt, dann mache ich für deine auch alle Türen zu.« Warum nicht? Aber auch dieses Argument sollte man nicht allzu häufig anführen, damit der allgemeine Protektionismus letzten Endes nicht zunimmt, anstatt dem eigentlichen Ziel zu weichen: einer größeren Liberalisierung des Handels.

Gegenmaßnahmen sind auch dann angebracht, wenn es zu einem »Dumping« kommt (ein Land verkauft im Ausland billiger als zu Hause) oder, was noch schlimmer ist, zur Imitation von Warenzeichen (die vielen falschen »Hermès-Taschen«, »Cartier-Uhren« oder »Lacoste-Hemden«, von den mehr oder weniger gefälschten Flugzeugteilen, Autokarosserien oder Medikamenten einmal ganz zu schweigen!).

Man kann auch die Tatsache nicht bestreiten, daß manche Länder die Währung als Waffe einsetzen. Sie setzen ihre Wechselkurse herab, um so ihre Exportpreise zu senken und den Export zu schüren. In solch einem Fall wäre es aber besser, diese Länder dazu zu bewegen, ihre Wechselkurse freizugeben. (Damit wären die Möglichkeiten, die Wechselkurse zu »frisieren«, eingedämmt.) Indem man zumindest für eine Weile Handelsschranken errichtet, bekämpft man nur die Symptome, nicht aber die Ursachen des Übels.

Nach all diesen Überlegungen findest du doch sicher auch, daß freier Handel erstrebenswert ist. Trotzdem kursieren in diesem Bereich noch viele falsche Vorstellungen.

Eine besonders verbreitete besagt, daß der Handel mit einem Land nur dann günstig für uns sei, wenn er kein Defizit aufweist, das heißt, wenn man mehr in das Land exportiert, als man daraus importiert. Wehe, wenn unser Handel ein Defizit aufweist. Die anderen dürfen uns keinesfalls mehr Waren liefern, als wir ihnen verkaufen! Unsere Handelsbilanz muß positiv sein. Wo liegt da der Irrtum? Ganz einfach darin, daß diese Leute das Gesetz der komparativen Kostenvorteile nicht richtig verstanden haben: Wichtig ist für ein Land nur die Spezialisierung auf die Produktionszweige, in denen es am effizientesten ist; die Handelsbilanz mit diesem oder jenem Land spielt überhaupt keine Rolle.

Nachdem jetzt auch die letzten Mißverständnisse ausgeräumt sind, möchte ich all unsere Überlegungen noch einmal im Hinblick auf die Idee einer »guten Gesellschaft« abklopfen und zu diesem Zwecke die jeweilige Rolle von Staat und Markt genauer unter die Lupe nehmen. Bist du damit einverstanden?

Kapitel 15

Nachtwächter oder Wohlfahrt?

Der Staat und der Markt

Seit es die Wirtschaftswissenschaft gibt, beschäftigt sie sich intensiv mit der Rolle, die dem Markt beziehungsweise dem Staat eingeräumt wird. Und auch in der politischen Diskussion ist dieses Thema immer noch ein heißes Eisen, wie wir täglich auf der Mattscheibe beobachten können.

Zur besseren Einordnung dieser Frage ein schneller Rückblick: Die Klassiker und Neoklassiker haben die Grundlagen des Marktes, seine Logik und seine wesentlichen Mechanismen erläutert. Die Rolle des Staates war dabei (abgesehen von seinen Hoheitsrechten: Polizei, Armee, Justiz) nebensächlich, ohne daß sie vollkommen vernachlässigt wurde. Adam Smith und David Ricardo haben einige grundlegende Dinge zu diesem Thema geschrieben. Ihr Hauptaugenmerk galt dabei der sogenannten unsichtbaren Hand. Sie untersuchten die Bedingungen, unter denen die Marktmechanismen funktionierten. Der Staat tauchte bei ihnen nur insofern auf, als er bestimmte Dinge *nicht* tun sollte. Er durfte den Handel nicht behindern und durfte keine Monopole bilden, damit die individuellen Interessen sich im Handel frei entfalten konnten – nur so konnte er den kollektiven Interessen, die nichts anderes waren als die Summe aller Privatinteressen, dienen. In Smiths Augen war jedes *bewußte* Handeln im öffentlichen Interesse, wie es von unseren modernen Staaten oft verlangt wird, zum Scheitern verurteilt. Nur weil es den

Unternehmern und allen am Markt Beteiligten *nicht bewußt* ist, daß sie dem Allgemeinwohl dienen, wenn sie ihre Privatinteressen, das heißt den eigenen Profit verfolgen, können sie zu diesem Allgemeinwohl beitragen. (Das sagte doch auch schon Mandeville mit seiner Bienenfabel.)

Die zweite Generation neoklassischer Ökonomen, wie J. S. Mill, war recht schockiert über einige Mißstände des »wilden« industriellen Liberalismus am Ende des 19. Jahrhunderts, in dem der Staat nur eine »Nachtwächterrolle« spielte. Daher duldeten und rechtfertigten diese Ökonomen sogar manchmal staatliche Eingriffe, wenn diese die Grundfreiheiten garantierten und dem Marktgeschehen förderlich waren, indem zum Beispiel die Konkurrenz belebt wurde. Hier haben auch die staatlichen Eingriffe oder Interventionen von heute ihren Ursprung, mit denen gegen Monopole, Vormachtstellungen oder eventuelle Zusammenschlüsse der Unternehmen, die auf dem Rücken der Verbraucher entstehen, angekämpft wird. Aber ansonsten dürfen wir blindes Vertrauen in den Markt haben?

Ehrlich gesagt: nein, denn leider zeigt dieser durchaus Schwächen. Dementsprechend haben die modernen Ökonomen die Rolle des Staates nicht nur legitimiert, sondern auch genau umrissen.

Selbst die hartnäckigsten Verteidiger des Marktes wie Milton Friedman lehnen ein Eingreifen der öffentlichen Hand in bestimmten Bereichen unter bestimmten Bedingungen nicht ab. Während der Staat sich in die Herstellung von Autos, Töpfen oder Windeln nicht einmischen sollte, gehört es durchaus zu seinen Aufgaben, bestimmte Rechte festzulegen und ihnen Achtung zu verschaffen (zum Beispiel das Eigentumsrecht) und »öffentliche oder kollektive Güter« bereitzustellen oder zumindest zu finanzieren. Was das heißen soll? Das sind Güter oder Dienstleistungen, die sich dadurch auszeichnen, daß von ihrem Verbrauch niemand ausgeschlossen werden und daß die produzierte Menge nicht auf die individuellen Bedürfnisse und Wünsche jedes einzelnen zugeschnitten sein kann. Das trifft auf Polizei, Armee, Justiz, das Bildungswesen und auch auf die öffentlichen Verkehrsmittel zu. Diese Güter können im übrigen zu »Schwarzfahrer-Strategien« führen, da die Versuchung groß ist, die anderen zahlen zu lassen, wenn man weiß, daß man in jedem Fall von der entsprechenden Dienstleistung oder Ware profitieren wird. (Wenn die anderen für die Armee bezahlen und diese mich im Falle eines Angriffs automatisch mit verteidigen wird, warum soll ich da überhaupt meinen Beitrag leisten?) Sich selbst überlassen, würde der Markt solche Güter gar nicht oder nicht genug davon hervorbringen. Deshalb muß die öffentliche Hand intervenieren, damit diese Bedürfnisse gedeckt werden.

Ein anderer Bereich, den du zu Recht sehr wichtig nimmst, ist die Umweltverschmutzung. Der Markt allein kann diese Probleme nicht lösen, da sie von »externen Effekten« herrühren (insofern die Konsum- und Produktionsentscheidungen einiger Menschen sich auf andere auswirken). Schließlich wird der Markt die Umweltverschmutzer nicht dazu anregen, die Folgen ihrer Taten für die Umwelt zu berücksichtigen.

Das findest du traurig? Hier kann der Staat aber durchaus etwas tun. Er kann, ja, er muß die Umweltverschmutzer zwingen oder besser: dazu bewegen, die Konsequenzen ihrer Entscheidungen für das Gemeinwesen zu berücksichtigen. Und wie soll das gehen? Durch ein Steuersystem oder zum Beispiel durch die Einrichtung eines – bei uns noch ziemlich ungebräuchlichen – »Marktes für Verschmutzungsrechte«, wie er in Kalifornien bereits zwischen einigen Unternehmen existiert, die sich über den Markt bestimmte Luftverschmutzungsquoten zuteilen. Auch wenn es nicht gleich offensichtlich ist – der Schutz unserer Luft, unseres Wassers und der Natur im allgemeinen gehört ganz klar zu den Dingen, mit denen sich die Ökonomen beschäftigen, wenn auch nicht auf die gleiche Weise wie die Fundis.

Im übrigen: Die oben genannten externen Effekte sind nicht immer nur schädlich. Manchmal können sie sich als durchaus positiv für das Gemeinwesen erweisen, so zum Beispiel im Gesundheitswesen. (Impfungen etwa haben das Aussterben von Krankheiten zur

Märkte
Verbotene Subventio
anker für den Wettbe
ink: Verdächtige Ges

Folge, so daß irgendwann auch nicht Geimpfte davon profitieren.) Dasselbe gilt für das Bildungswesen und in der Grundlagenforschung. (Je mehr hochqualifizierte Leute es gibt, desto mehr Erfindungen, Leistungen etc., von denen die ganze Gemeinschaft profitiert.) Das bedeutet aber nicht, daß die öffentliche Hand sich direkt um solche Dinge kümmern sollte, sie muß sie lediglich finanzieren, zumindest teilweise. Selbst diese Position fechten extrem Liberale noch an, womit sie jedoch ziemlich alleine dastehen.

Und wie sieht es mit der Verteilung von Wohlstand durch den Markt aus? Wie wir im Kapitel über die Vordenker gesehen haben, führt der Markt zu einem wirtschaftlichen »Optimum« (außer bei den öffentlichen Gütern und im Bereich der externen Effekte), da theoretisch kein zusätzlicher Warentausch den Wohlstand eines Individuums erhöhen könnte, ohne daß dabei einem anderen geschadet würde.

Das ist ja schön und gut, aber nichts besagt, daß diese »ideale« Situation vom Gesichtspunkt der Gemeinschaft aus betrachtet genauso ideal ist. Deshalb hat der Staat die Aufgabe, die Einkommen und Vermögen nach bestimmten (subjektiven) Maßstäben »sozialer Gerechtigkeit« umzuverteilen.

Damit sind wir auch schon mitten in einer endlosen und durch und durch politischen Debatte, die mit einer rein beschreibenden, positiven Wirtschaftswissenschaft nicht mehr viel zu tun hat, sondern sich stark dem Normativen nähert und Regeln vorschreibt. Deshalb will ich mich auch gar nicht weiter auf dieses überaus gefährliche Terrain vorwagen. Seit dem Zweiten Weltkrieg – das heißt mit dem Keynesianismus – hat sich aber die Vorstellung durchgesetzt, daß der Staat sich zur Wahrung eines »guten« wirtschaftlichen Gleichgewichts einmischen müsse. Seine Aufgabe ist es, für Vollbeschäftigung zu sorgen, wo der Markt allein dies nicht leisten kann. So muß er die Wirtschaft »ankurbeln«, um die Nachfrage nach Gütern zu fördern, die sonst nicht ausreichen würde, das Wirtschaftsgetriebe mit voller Leistung arbeiten zu lassen.

Keynes wollte nur die Nachfrage durch den Staat fördern. Bald setzte sich aber die allgemeinere Idee durch, der Staat müsse grundsätzlich eingreifen, um das »Interesse der Allgemeinheit« vor den Eigeninteressen des Marktes zu schützen. Man glaubte, ohne einen starken Staat, der ständig eingreift, seien sozialer Fortschritt und eine Verteilung des Wohlstands auf möglichst viele Bürger unmöglich, und sah in den »blinden Marktkräften« Feinde des Gemeinwohls. Man wollte einen Wohlfahrtsstaat schaffen! Und das Ergebnis: Innerhalb von ein paar Jahrzehnten hat sich der Staat zu einer Krake entwickelt, die auf eine Weise alles geschaffene Vermögen anzapft. Für viele ist das nur schwer zu ertragen. Und die sozialen Probleme sind damit nicht einmal gelöst.

Nach so viel Intervention war es nur eine Frage der Zeit, daß das Pendel auch wieder in die andere Richtung ausschlug. Seit den achtziger Jahren, in denen die Verteidiger des Liberalismus, Präsident Reagan in den Vereinigten Staaten und die unnachgiebige »eiserne Lady« in Großbritannien (Premierministerin Thatcher), ihrer Stimme Geltung verschafften, wird jetzt gegen den Staat gewettert, der einfach die Märkte daran hindert, Wohlstand und Freiheit zu schaffen!

Mit einer Wiederbelebung der Nachfrage allein gelingt es aber auch nicht, die Wirtschaft auf Dauer anzukurbeln. Das hatten ja schon die Monetaristen und die neuen Klassiker und später sogar die neuen Keynesianer festgestellt. Seitdem geht man generell davon aus, daß es keinen dauerhaften Einfluß auf Wohlstand und Beschäftigung haben kann, wenn nur auf Währung und Haushalt eingewirkt wird. Es besteht sogar ein großes Risiko, daß es ihnen schadet.

Der Staat sollte sich zwar nicht völlig aus seinen Verpflichtungen lösen, es ist aber sicher nicht seine Rolle, sozusagen die »Feinsteuerung« der Nachfrage vorzunehmen. Dann bleibt ihm also nichts anderes mehr übrig, als Däumchen zu drehen? Das nun auch wieder nicht. Er muß sich einfach damit begnügen (was ja schon gar nicht so schlecht ist), das wirtschaftliche Umfeld so weit zu stabilisieren, daß die Märkte möglichst geringe Unsicherheiten bieten. Dazu sollte er für einen Rahmen sorgen, der es begünstigt, neuen Reichtum zu schaffen, der den Unternehmen und Bürgern »Luft läßt«, damit sie ein größeres Interesse daran haben, zu produzieren und Neuerungen einzuführen. Daher rühren auch die Vorschläge zu einer Senkung der Steuern und Abgaben, zu einer Lockerung der Bestimmungen und Steuerungsmechanismen und zu einer größeren Öffnung und Flexibilität der Märkte. Du siehst, seit einigen Jahrzehnten werden der Wohlfahrtsstaat und seine zunehmende Macht heftig in Frage gestellt.

Aber die Kritik am staatlichen Eingreifen geht noch weiter. Seit die Analysen des Österreichers Friedrich August von Hayek (noch ein Nobelpreisträger, diesmal 1974) wiederentdeckt wurden, sind ganz neue Argumente in der Diskussion. Für Hayek, in den dreißiger Jahren ein erbitterter Gegner von Keynes, waren staatliche Interventionen der sichere »Weg zur Knechtschaft«, während die wirtschaftliche Freiheit ihm als Garant für politische Freiheit galt. Eine Gesellschaft, die sich auf individuelle Freiheit gründet, ist nicht nur leistungsfähiger als jede andere Form gesellschaftlicher Organisation, sondern führt auch zu größerer Gerechtigkeit. Die Rolle, die sie dem Markt zuschreibt, geht weit über eine optimale Ressourcenverteilung hinaus: Er wird zu einem globalen Organisationssystem der Gesellschaft. Ein ganz schön hoher Anspruch, oder?

Für den österreichischen Ökonomen trägt der Markt nicht nur dazu bei, Güter zu produzieren und zuzuteilen, er dient auch dazu, die Informationen und Kenntnisse, die für einen guten Wirtschaftsablauf unabdingbar sind, zu finden, einzuordnen und zu verbreiten. Dies kommt einer gnadenlosen Verurteilung jeder zentralisierten Wirtschaftsplanung gleich, denn die Informationen, die allein der Markt preisgibt und verbreitet, sind ja gerade nicht im voraus erfahrbar.

Allgemeiner gesprochen ist der Markt ein »Prozeß des Entdekkens«. Über den Markt wird nämlich ein Wissen erschlossen, mobilisiert und verbreitet, über das die Gesellschaft nicht verfügen würde, wenn es keine freien und wettbewerbsorientierten Handelsbeziehungen gäbe. Der Markt ist um so notwendiger und seine Überlegenheit gegenüber staatlichen Verfahren um so größer, als die Gesellschaften immer komplexer werden. Deshalb die Hayeksche Kritik am Wohlfahrtsstaat und am gemischtwirtschaftlichen System.

Die Intervention staatlicher Organe beschneidet die Handlungs- und Entscheidungsfreiheit der Individuen. Selbst wenn dies im Namen des »Gemeinwohls« geschieht, schadet sie damit dem Marktgeschehen. Entscheidungen, mit denen die zahlreichen individuellen Tätigkeiten koordiniert werden könnten, werden gar nicht oder nur schwer getroffen, da die Motivation dazu fehlt oder abgenommen hat. Fehler und Verschwendungen sind die unweigerliche Folge. Und damit kann leicht ein Teufelskreislauf einsetzen, bei dem die staatlichen Interventionen ein Bedürfnis nach noch mehr Interventionen und Bestimmungen schaffen, die wiederum die Leistungsfähigkeit der Märkte beeinträchtigen und damit eine Kettenreaktion auslösen. Die Folge: eine kontinuierliche Ausdehnung der staatlichen Intervention.

Der Österreicher hatte mit seiner Argumentation eine wahre Lawine losgetreten. Der Interventionismus und seine Auswirkungen auf die Gesellschaft standen im Mittelpunkt der Kritik. Man sprach sogar von perversen Wirkungen von »Sozialprogrammen«, die sich letztlich gegen jene wenden, denen sie helfen sollen.

Bei so vielen Argumenten pro und kontra Staat, pro und kontra Markt fragst du dich bestimmt, wo denn nun die Grenzen staatlicher Intervention liegen sollten. Bis zu welchem Punkt kann man dem Markt vertrauen?

Eine absolute, definitive, ein für allemal feststehende Antwort auf die Frage nach der Rolle des Staates und damit des Marktes gibt es nicht (das fängt ja gut an ...), außer was seine eindeutigen Hoheitsrechte betrifft: Armee, Polizei und Justiz.

Aus der Wirtschaftsanalyse lassen sich weitere Prinzipien ableiten, die ich persönlich gutheiße, mit denen ich mir aber nicht nur Freunde schaffen werde ...

Auch wenn die kollektiven Güter im allgemeinen der Staatsgewalt unterstehen, zumindest was ihre komplette oder teilweise Finanzierung betrifft, sollten sie sich im Laufe der Zeit und mit zunehmender Technik entwickeln. Ein Allgemeingut von heute muß dies morgen nicht mehr oder nur noch in abgewandelter Form sein. Auch mit den externen Effekten muß der Staat umgehen, aber nicht unbedingt mittels bürokratischer Regelungen oder Verbote: Steuerliche Anreize oder sogar die Schaffung von neuen Märkten und Eigentumsrechten können zum Beispiel helfen, einen Umweltverschmutzer zur Kasse zu bitten, und damit die externen Effekte sozusagen spürbar machen. (Das nennt man dann die »Internalisierung von externen Effekten«, tut mir leid, wieder mal Fachchinesisch ...)

Maßnahmen zur Förderung der Konkurrenz obliegen der öffentlichen Hand. Sie müssen aber die Öffnung der Märkte berücksichtigen (besonders angesichts ihrer immer stärkeren Internationalisierung), durch die manche unberechtigte Schranken und Schutzfunktionen wegfallen. Dadurch wird natürlich der Wirkungsbereich des Staates eingeschränkt oder zumindest verlagert.

Im übrigen kann der Staat manchmal auch dadurch, daß er sich aus gewissen Tätigkeitsfeldern zurückzieht, seine Steuerungsmechanismen lockert oder verbessert, zu einer Verstärkung der Konkurrenz und Leistungsfähigkeit beitragen. Man muß deshalb vorsichtig sein und jeden Fall gesondert betrachten.

Das ist dir zu vage? Ich soll endlich klare Aussagen machen? Also gut: Ja zu kurzfristigen Haushalts- und Währungsmaßnahmen, die in Phasen wirtschaftlicher Flaute eine maßvolle Belebung herbeiführen (ich weiß, auch der Begriff ist subjektiv), aber immer im Rahmen einer mittelfristigen Politik, die klar und vorhersehbar ist ... und auch eingehalten wird.

Dies bedeutet, daß der Haushalt während eines Konjunkturzyklus im großen und ganzen ausgeglichen sein sollte und daß die Geldmenge im Schnitt nicht inflationär zunehmen darf, von vorübergehenden leichten Abweichungen einmal abgesehen. Und schließlich hat der Staat unbestritten die Aufgabe, Einkommen und Vermögen umzuverteilen und für soziale Gerechtigkeit zu sorgen, wie vage dieser Begriff auch sein mag. Unter diesem Gesichtspunkt scheint es mir natürlich, daß die öffentliche Hand bei besonders schwierigen Umstellungen, ich denke da zum Beispiel an Umschulungen im Fall von Arbeitslosigkeit, helfend einspringt.

All diese Interventionen müssen jedoch wohldosiert sein, damit die notwendigen Abgaben (Steuern plus Sozialversicherungsbeiträge) nicht ins Uferlose wachsen. Sonst würde nämlich die Motivation, zu arbeiten, zu sparen, zu investieren und zu produzieren, rapide nachlassen. Der Staat sollte auch in der Lage sein, Bestimmungen, die direkt oder indirekt dem Wachstum und der Beschäftigung schaden, zu ändern oder abzuschaffen. Welch ein Programm!

Ansonsten gibt es aber keine stichhaltigen *wirtschaftlichen* Gründe (und an die halte ich mich ja), warum der Staat sich einmischen sollte.

Tut mir leid, wenn ich manchmal ein bißchen vage gewesen bin, aber ich kann hier nur auf der Ebene der Prinzipien bleiben. Und während Prinzipien relativ klar sein können, bleibt bei ihrer konkreten Anwendung natürlich stets ein Handlungsspielraum.

Die Liberalen zum Beispiel verurteilen in absoluter Bewunderung der Marktmechanismen jede staatliche Intervention. Für die keynesianischen Anhänger des Interventionismus dagegen liegt das Heil einzig in einem unentgeltlichen, allwissenden Super-Wohlfahrtsstaat, der allein in der Lage ist, die Mängel des Markt »Dschungels« zu beseitigen. In Wirklichkeit kenne ich nur wenige, deren Vorstellungen diesen Karikaturen entsprechen. Es gibt also ziemlich viel Raum für Nuancen.

Der Markt hat sicher seine Fehler, aber auch der Staat ist nicht makellos. Ganz auf einen von beiden zu setzen, wäre sehr riskant. Beide brauchen einander. Ohne Gesetzgebung wäre der Markt nur eine rasende Maschinerie ohne Steuerung und Zusammenhalt. Der

Staat wiederum könnte sich ohne das nicht nur wirtschaftliche, sondern auch politische Gegengewicht des Marktes schnell in ein eiskaltes Monster verwandeln, das die Menschen erdrückt und aussaugt; deshalb muß man die jeweiligen Vor- und Nachteile gut gegeneinander abwägen. Denn während die Schwächen des Marktes ausführlichst kommentiert wurden, hat sich der Staat sein perfektes, beinahe mythisches Image lange bewahrt. So lange, bis ein paar Ökonomen daherkamen und ihren Senf dazugaben ...

KAPITEL 16

Kumpel Anton geht zur Wahl

Politischer Markt und Öffentlichkeit

Welche wirtschaftlichen und politischen Mechanismen sinnvoll sind, ist nach den Regeln des Marktes ziemlich eindeutig. Warum setzen die Politiker diese »gute« Politik dann nicht häufiger um? Warum scheinen sie die Empfehlungen, die ihnen von den akademischen Schreiberlingen so mühevoll ans Herz gelegt werden, immer wieder zu mißachten? Haben sie einfach keine Ahnung von Wirtschaft?

So schnell sollten wir nun auch wieder nicht den Stab über die Politiker brechen, darum kümmern sich schon andere. Die Ökonomen haben selbst zu häufig den Fehler begangen, den Staat als ein abstraktes, klar durchschaubares und unfehlbares Gebilde zu betrachten, als einen wahren Supermann, der niemals einen Fehler begeht. In ihrer Naivität haben sie geglaubt, es würde reichen, den Regierenden zu zeigen, was getan werden müsse, damit diese es auch tun. Sie haben die Entscheidungsträger einfach mit folgsamen Robotern gleichgesetzt, die ihre vortrefflichen Empfehlungen unverzüglich in die Tat umsetzen würden, denn die frommen Träumer der ehrwürdigen Universität dachten doch tatsächlich, daß die Regierenden dieselben Ziele hätten wie sie. Sie hatten einfach nicht damit gerechnet, daß es einen eigenständigen, also *autonomen Mechanismus* in der politischen (und administrativen) Beschlußfassung gibt.

Als ihnen diese Autonomie, die für ihre Zunft besonders ärgerlich war, bewußt wurde, mußten die Gelehrten, die sich natürlich immer zu helfen wissen, diese Herausforderung annehmen. So stürzten sie sich auf ein Gebiet, das für sie bislang Neuland gewesen war: die Frage, wie der Staat, die Verwaltung und die Demokratie als Ganzes funktionieren. So entstand im tiefen Süden der Vereinigten Staaten, auf dem Campus der Universität von Virginia, die Schule der *Public Choice*, der öffentlichen Entscheidungsprozesse. Ihr Hauptvertreter? James Buchanan, Nobelpreisträger des Jahres 1986. (Es hat fast den Anschein, daß alle Ökonomen irgendwann einmal von der Schwedischen Akademie der Wissenschaften ausgezeichnet werden!)

Buchanan und seinen Schülern zufolge muß man von der Vorstellung Abschied nehmen, daß der Politiker oder Bürokrat (ganz neutral gemeint) jemand ist, der zwangsläufig dem »Interesse der Allgemeinheit« dient. Er setzt keineswegs die von den Wirtschaftsweisen empfohlene optimale Politik wie ein »sorgender Familienvater« mit grenzenlosem Wohlwollen perfekt um. Ein schöner Akademikertraum ist das!

Leider ist der politische Entscheidungsträger ein Mensch wie jeder andere, nicht schlechter und auch nicht besser: Er verfolgt seine eigenen Ziele, er reagiert auf sein Umfeld, und sein Verhalten hängt von Zwängen und Zweckmäßigkeiten ab sowie davon, mit welchem Lohn und welcher Strafe er rechnen kann. Dann sind die politischen Entscheidungsträger also allesamt moralisch verdorben?

Es geht ja nicht darum, zu urteilen, sondern zu verstehen, und dies mit Hilfe der Wirtschaftswissenschaften, die eine bestimmte Vorstellung vom menschlichen Verhalten entwickelt haben. Diese Vorstellung wird übrigens als »methodologischer Individualismus« bezeichnet. Mit anderen Worten: Es geht darum, mit Hilfe dieser Hypothesen zum menschlichen Verhalten eine Theorie zu entwickeln, die das Räderwerk von Staat und Verwaltung erklärt. Diese Methode dient der gesamten traditionellen Wirtschaftsanalyse, an der wir uns in den letzten 15 Kapiteln ausgetobt haben, als Grundlage. In der

Theorie der *Public Choice* wird sie auf ein besonderes Problem angewandt, nämlich die Frage, wie öffentliche Entscheidungen getroffen werden. (Die Theorie kennt aber noch viel ungewöhnlichere Anwendungsgebiete. Dazu die nächsten Kapitel.)

Was setzt nun dieser Ansatz voraus? Genauso wie es einen Erdnußmarkt gibt, existiert auch ein »Politikmarkt«, auf dem ein »Angebot« und eine »Nachfrage« wirken, was zu einem »Marktgleichgewicht« führt. Das Angebot hängt vom Politiker ab, während die Nachfrage bei den Wählern oder denjenigen liegt, die nach staatlichen Dienstleistungen verlangen. Darüber willst du mehr wissen? Na gut, steigen wir ein.

Auf der einen Seite gibt es also die Politik-»Unternehmer«, die auf dem Markt konkurrieren und versuchen, dort ihr »Produkt zu verkaufen«, das der Wähler »kaufen« soll. Und was ist das für ein Produkt? *Neue* Ideen, *neue* Vorschläge, *neue* Programme, *neue* Maßnahmen. Der Politiker muß ständig Neues und *Einfallsreiches* vorschlagen, wenn er auf seinem Markt wettbewerbsfähig bleiben will. Und wozu führt dieser ständige Neuerungsprozeß, dem der Politik-»Produzent« unterworfen ist? Zu einer unvermeidlichen Tendenz, die Staatsausgaben zu erhöhen.

Der Politik-Unternehmer kennt nämlich allerhand Tricks, um seine »Kunden« bestmöglich zu befriedigen. Der wichtigste besteht darin, den Nutzen seiner Entscheidungen auf klare Zielgruppen zu konzentrieren, deren Kosten dagegen auf die ganze Gemeinschaft zu verteilen. So erhalten zum Beispiel die Bergbauindustrie im Ruhrgebiet oder die ostfriesischen Bauern Subventionen oder besondere Steuererleichterungen, die von allen Steuerpflichtigen finanziert werden. Die Nutznießer dieser Maßnahmen sind natürlich entzückt, während der gute Steuerzahler nicht einmal merkt, daß dadurch seine Steuerlast wächst. Erstere werden dem jeweiligen Politiker »ewig« (bis zur nächsten Gelegenheit) dankbar sein für diese Tat, die natürlich in ihren Augen lebenswichtig für die Menschheit war, und ihn am Wahltag entsprechend belohnen (das sollte man zumindest

neue Ideen
neue Programme
VERKAUFE
neue Vorschläge

hoffen). Letztere, denen die Kosten dieser Maßnahmen eben nicht aufgefallen sind, werden die schmerzlose Pille mit einem Lächeln auf den Lippen schlucken und es der jeweiligen Regierung nicht übelnehmen. So ist alles aufs beste eingerichtet in der besten aller politischen Welten!

Diese Besonderheit des Politikmarktes erklärt auch, warum es so schwierig ist, alte Maßnahmen abzuschaffen, selbst wenn sie unnütz oder sogar schädlich sind. Die Kosten der Aufhebung gewisser Maßnahmen konzentrieren sich ja nur auf bestimmte Gruppen, während der Nutzen sich auf die ganze Gemeinschaft verteilt. Die potentiellen Verlierer tun natürlich alles, um die Einsparungen aufzuhalten. Die Gewinner hingegen fühlen sich nicht betroffen und tun deshalb nichts für diese Einsparungen, deren individueller Nutzen relativ gering ist.

Die Geschichte ist aber noch nicht zu Ende, denn auch der Verwaltungsapparat verfügt über eine bestimmte »Autonomie«. Im Gegensatz zum Privatunternehmer kann der Beamte sich den »Profit« seiner Arbeit (die Differenz zwischen Einnahmen und Ausgaben) nicht aneignen; deshalb neigt er dazu, sich so zu verhalten, daß er auf andere Weise befriedigt wird. Zum Beispiel bemüht er sich darum, seinen Einfluß, seine Macht und sein Prestige zu erhöhen, was sich sehr häufig in einer Vergrößerung einer Behörde oder einer Steigerung der Betriebskosten ausdrückt. Wie du dir denken kannst, wird dadurch das Wachstum des Staatsapparates nicht gerade gebremst.

Wir sollten uns aber auch anschauen, was auf unserem Politikmarkt mit der Nachfrage vor sich geht. Es leuchtet ein, daß die gesellschaftlichen Gruppen, die aus den oben genannten staatlichen Maßnahmen einen direkten Nutzen ziehen, das politische System und die Verwaltung dazu anhalten, in ihrem Sinne zu handeln. Dabei machen sie – und das ist Regel Nummer eins solcher Vorgänge – stets das Interesse der Allgemeinheit geltend, was manchmal richtig ist, oft aber auch nicht... Damit fördern sie die Bedeutung des Staates und seiner Interventionen.

Darüber hinaus ist es für diese Druck ausübenden Gruppen von

Vorteil, sich über das Tun des Staates zu informieren und dafür zu sorgen, daß er in ihrem Interesse handelt. Die restliche Gemeinschaft ist da nicht so motiviert. Die Öffentlichkeit als Ganzes hat nur ein geringes Interesse daran, sich zum Beispiel über Agrarpolitik zu informieren und aktiv darauf einzuwirken. Die Bauern hingegen sind hierzu stark motiviert, da ihr Einkommen entscheidend davon abhängt. Die Bergarbeiter wiederum haben ein Interesse daran, die Ausgaben und die Politik im Bereich des Bergbaus genauestens zu verfolgen. Und die Lehrer haben ein Interesse daran, sich für Ausgaben im Bildungssektor einzusetzen, und so weiter und so weiter.

Im innerstaatlichen Bereich ist es genau wie mit dem Außenhandel. Bestimmte Gruppen oder Industriezweige wollen sich schützen – darüber diskutierten wir ja schon in Kapitel 14. Sie profitieren vom Protektionismus, während seine Kosten von allen Verbrauchern getragen werden.

Und welche Konsequenzen hat dieses System? Es führt zu allerhand Verzerrungen, was die Höhe und die Verteilung der öffentlichen Ausgaben betrifft.

Genaue Informationen über den Politikmarkt sind auch wichtig fürs Wahlverfahren. Es ist eine traurige, aber kaum bestreitbare Tatsache, daß der Durchschnittswähler kaum auf dem laufenden über die wirklichen Entscheidungen in Sachen öffentliche Ausgaben ist. Warum eigentlich? Nicht weil er dumm oder schwer von Begriff ist, sondern ganz schlicht und ergreifend, weil ihn nichts dazu ermutigt, sich zu informieren. Schließlich haben die Kenntnisse, die er zu diesen Fragen erwerben könnte, keinen wahrnehmbaren Einfluß auf seine persönliche Situation. Zur Verdeutlichung wieder mal ein Beispiel aus dem Familienbereich.

Als wir unser letztes Auto gekauft haben (lang, lang ist's her, wirst du mir angesichts des beklagenswerten Zustandes unserer alten Karre sagen), haben wir große Aktivitäten entwickelt, sind zu mehreren Händlern gegangen, haben Probefahrten gemacht, Freunde um ihre Meinung gebeten etc.

Nehmen wir einmal an, wir lebten in einer Planwirtschaft. Dann dürften wir uns zum Beispiel nur alle fünf Jahre ein neues Auto anschaffen, das wir uns im übrigen nicht selbst aussuchen könnten. Der Staat würde in seiner großen Weisheit entscheiden, ob wir einen Opel oder einen VW kaufen sollen. Meinst du, wir würden genausoviel Energie und Zeit aufbringen, um uns über die Eigenschaften diverser fahrbarer Untersätze zu informieren, wenn wir genau wüßten, daß dies letztlich keinerlei Einfluß auf die Entscheidung hat?

Auf dem Politikmarkt ist das ganz ähnlich. Die Beziehungen zwischen Wählern und Regierung sind genauso, als bekäme der Wähler sein Auto, ohne es selbst auszusuchen. Seine Stimme hat fast keine Wirkung auf die Wahl oder die Verabschiedung bestimmter Maßnahmen und Ausgaben. Der Nutzen, auf den er hoffen könnte, falls er sich informiert, ist so gering, daß sich der Aufwand an Zeit und Energie dafür nicht lohnt. Die gleichen Leute, die sich umfassend erkundigen, ehe sie ein Auto kaufen, verwenden nur wenig Zeit und Energie darauf, sich in angemessener Weise zu informieren, ehe sie ihre Wahlstimme abgeben. Darunter leidet natürlich die Wirksamkeit des Wahlsystems sowie der öffentlichen Entscheidungsprozesse.

Es gibt noch ein Informationsproblem: Man könnte es die »Steuerillusion« nennen. Was das heißen soll? Daß den Bürgern die Kosten der öffentlichen Güter und Dienstleistungen nicht bewußt sind. Umfragen haben gezeigt, daß die Höhe staatlicher Ausgaben für Projekte auf lokaler Ebene häufig erheblich unterschätzt wird! Durch diese Unterschätzung der realen Kosten ist die Nachfrage nach öffentlichen Gütern und Dienstleistungen höher, als wenn die Leute dieser Illusion nicht aufsäßen.

Der *Public-Choice*-Theorie zufolge gibt es also auf dem politisch-bürokratischen Markt sowohl von seiten des Angebots als auch der Nachfrage durchaus gewisse Kräfte, die zu einer Erhöhung und Verzerrung der Staatsausgaben führen.

Geht dieser Prozeß immer weiter, oder gibt es Mechanismen, die ihn verlangsamen oder sogar rückgängig machen können? Das sollte man meinen, denn sobald die Kosten zu hoch für die Gemeinschaft werden (durch »unerträgliche« Steuer- und Soziallasten und allzu eklatante Verzerrungen), sollte sich eigentlich, sowohl seitens der Politiker als auch der steuerzahlenden Bürger, das Bewußtsein für die jeweiligen Vor- und Nachteile umkehren. Dann werden die Politiker von ihren Wählern gedrängt, umzudenken und die staatlichen Exzesse und Verirrungen zu korrigieren. Leider hat die Erfahrung der modernen Demokratien gezeigt, wie schwierig diese Umkehr tatsächlich ist ...

Ehe ich endlich mit dieser Frage abschließe, muß ich aber noch eins klarstellen. Der Ansatz, den ich dir hier vorgestellt habe, will keineswegs die Demokratie in Frage stellen, die ja dem bekannten Ausspruch Winston Churchills zufolge »das schlimmste System mit Ausnahme aller anderen« ist.

Sei mir bitte nicht böse, wenn ich dir zum x-ten Male vorbete, daß es nur eine *analytische Methode* ist, die keinen fotografischen, kompletten Abdruck der Wirklichkeit bietet. Es ist nur eine Theorie, die uns, auch wenn sie noch nicht restlos ausgearbeitet ist, einfache und stichhaltige Prinzipien liefert, die Licht auf die Vorgänge in Politik und Verwaltung werfen.

Die Anhänger der *Public-Choice*-Theorie haben ihre Studien übrigens inzwischen vertieft und auf andere Gebiete ausgeweitet, etwa die Motive, die hinter Wahlentscheidungen stehen, die Funktionsweisen von Interessengruppen und die Steuerung der staatlichen Einrichtungen. Diese Theorie liefert damit einige Schlüssel zu einem institutionellen und sozialen System, das in Richtung einer »sozialen Verbesserung« gehen könnte.

Diese Analyse stellt deshalb keine Verurteilung des Staates dar und auch nicht seiner Diener oder Führungskräfte, welcher politischen Gruppe sie auch angehören mögen. Sie kritisiert auch nicht die verschiedenen gesellschaftlichen Gruppen, die versuchen, Entscheidungen in ihrem Sinne zu beeinflussen. Nein, wir Ökonomen sind keine Richter. Wir versuchen lediglich, die institutionellen

Zwänge und Anreize zu berücksichtigen, die das menschliche Verhalten beeinflussen, und daraus möglichst unvoreingenommen und frei von Tabus die logischen Konsequenzen zu ziehen.

Und jetzt mach dich auf etwas gefaßt. Ich mische mich nämlich als Ökonom in dein Privatleben ein. Ich will dir erklären, warum du dich mit größter Wahrscheinlichkeit verlieben und vielleicht sogar heiraten wirst ...

Kapitel 17

Es geht doch nichts über die Liebe

Die ökonomische Theorie der Ehe

Ja richtig, ich bin so dreist und will dir erklären, warum du vermutlich eine feste Partnerschaft eingehen und vielleicht sogar heiraten wirst. Aus Liebe? Natürlich aus Liebe. Aber die Pfennigfuchser der Wirtschaftsfakultäten begnügen sich nicht mit derart vagen Begriffen, die für jede Deutung offen sind. Romantik, okay, aber bitte keine nebulösen Erläuterungen. Als Gesellschaftswissenschaftler braucht der Ökonom eine strenge, zusammenhängende Erklärung des menschlichen Verhaltens. Und das gilt für die Liebe genauso wie für alles andere!

Solltest du also eines Tages eine feste Beziehung haben oder heiraten, dann deshalb, weil du dadurch ein Maß an Zufriedenheit erhältst, das dir verwehrt wäre, bliebest du solo. Ziemlich einleuchtend, oder? Bei allen Mitmenschen hängt auch die Zufriedenheit nicht nur von den Gütern und Dienstleistungen ab, die sie sich auf den Kleider-, Hi-Fi- und anderen Märkten kaufen können, sondern auch von den Gütern und Dienstleistungen, die durch die »Familie« im engeren und weiteren Sinne »produziert« werden. Denn auch sie ist ein »Unternehmen« mit seinen »Produktionsfaktoren«, die einer Grenzproduktivität unterliegen (richtig, Kapitel 3 und unsere Kellner lassen grüßen), mit seinen »Betriebskosten« und allem, was bei einer »Produktion« anfällt, die sich der »Konkurrenz« auf dem »Markt« stellen muß!

Die Partner (und manchmal auch deren Kinder, aber das ist schwer ...) sind also Produktionsfaktoren, die im Unternehmen Partnerschaft und Familie Güter und Dienstleistungen schaffen. Was sind das für Güter? Darunter fallen etwa Mahlzeiten, gewaschene und gebügelte Blusen, vor allem aber Geselligkeit, das heißt Unternehmungen in den Bereichen Kultur, Unterhaltung und Sport oder – was die Partner betrifft – Sex und Liebe und natürlich *last but not least* Kinder.

Natürlich sind manche dieser familiären Produkte auf diversen Märkten (Restaurants, Reinigungen, Theater) oder auf technischem Wege (Geschirrspülmaschinen, Waschmaschinen, Haushaltsgeräte) erhältlich oder auch durch flüchtigere Liebesbeziehungen.

Damit man heiratet, sollten deshalb die (erwarteten) »Erträge« einer Verbindung größer sein als ihre »Kosten«. Wozu soll die Sache sonst gut sein? So wird die Entscheidung, eine familiäre »Produktionseinheit« zu gründen, von den Einnahmen abhängen, die der neue »Verband« verzeichnen kann, von den unterschiedlichen Löhnen, die der Mann und die Frau auf dem Markt erzielen können, und vom sogenannten Humankapital des einzelnen (Bildungsniveau, Intelligenz, Größe, Schönheit, Gesundheit etc.). Im allgemeinen hat dein Partner um so größere Chancen, der Mann deines Lebens zu werden, wenn sein Gehalt im Verhältnis zu deinem höher ist – hört sich völlig veraltet an, ist aber statistisch erwiesen – (und je höher, desto besser ...), wenn er dir in Intelligenz und Bildung in nichts nachsteht und wenn du sofort Gänsehaut bekommst, sobald du ihn ansiehst. Je höher die Gehälter, die du dagegen einfahren kannst, desto weniger wirst du den Drang verspüren, dich durch einen Ehevertrag zu binden. Je größere Gewinne die feste Beziehung im Vergleich zu den Kosten zu bringen verspricht (die Verwaltungskosten, die Ausgaben für das Fest mit Verwandten und Freunden, vor allem aber die Suche nach dem idealen Mann, die viel Zeit, Energie und Geld verschlingen kann), desto eher wirst du dich auf sie einlassen. Wir sprechen hier von der Theorie!

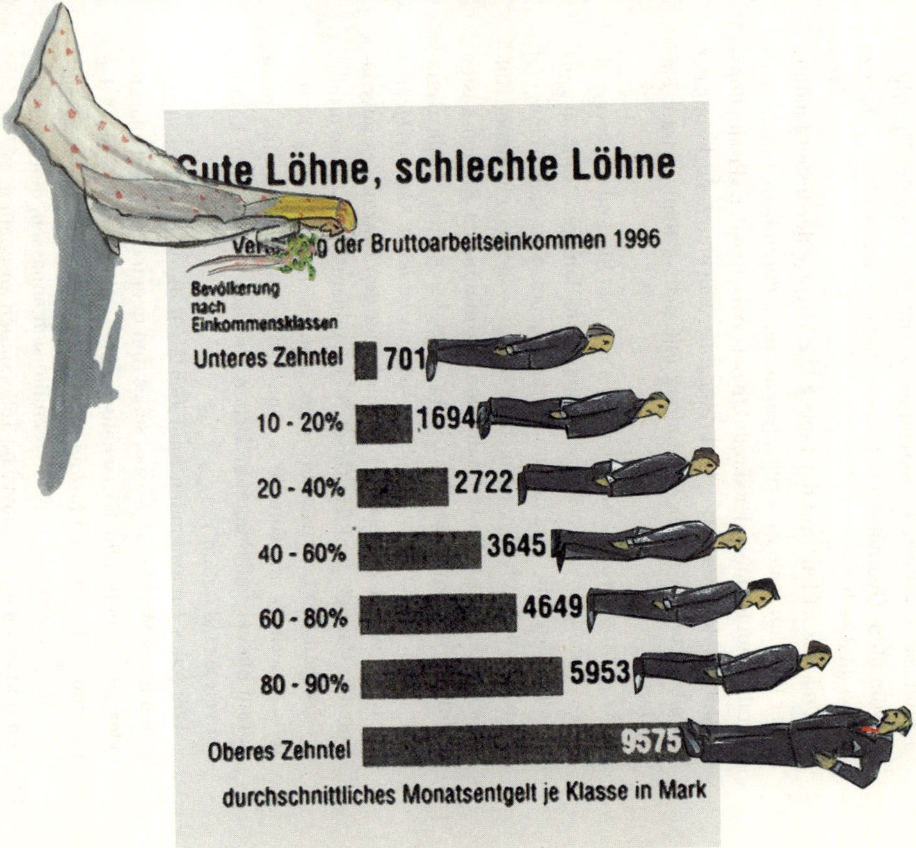
Gute Löhne, schlechte Löhne
der Bruttoarbeitseinkommen 1996
Bevölkerung nach Einkommensklassen
Unteres Zehntel
701
10 - 20%
1694
20 - 40%
2722
40 - 60%
3645
60 - 80%
4649
80 - 90%
5953
Oberes Zehntel
9575
durchschnittliches Monatsentgelt je Klasse in Mark

Wichtig ist auch die »Komplementarität« zwischen den »ökonomischen Merkmalen« der Ehegatten, das heißt, ihre Kenntnisse, was das »Familienmanagement« betrifft, müssen sich ergänzen. Damit sinkt die Unsicherheit im Hinblick auf die Ziele des Paares und deren Umsetzung, besonders was die »Produktion« und »Herstellungskosten« von Nachkommen betrifft, die – so die Theorie – bestimmten Qualitätserwartungen entsprechen sollen. (Na, wie fühlst du dich?)

Und was ist jetzt mit der Liebe? Die Theorie der festen Bindung oder Ehe, ich sagte es bereits, leugnet nicht deren Bedeutung; sie ist nämlich ein Element der »Produktivität« zwischen den »Produktionsfaktoren« Mann und Frau. Sie bringt außerdem eine Reduzierung der »Kontrollkosten« dieser Verbindung mit sich – man vertraut einander.

So, nehmen wir einmal an, du bist nun fest liiert oder gar verheiratet. Wie soll diese Partnerschaft jetzt funktionieren? Einfach ganz genauso wie ein Familienunternehmen, bei dem sich Mann und Frau – und an guten Tagen auch die Kinder – die verschiedenen Aufgaben teilen, so daß die Produktion bei minimalen Betriebskosten optimiert werden kann, denn jeder spezialisiert sich auf die Tätigkeiten, in denen er die größten Erträge erzielen kann. (Darüber sprachen wir ja schon im 13. Kapitel über den Nutzen des internationalen Handels und das Gesetz der komparativen Kostenvorteile: Es trifft auf alle Lebensbereiche zu, so auch auf die Aufgabenverteilung innerhalb der Familie – und damit will ich bestimmt nicht darauf hinaus, daß Frauen in Sachen Abwasch immer einen komparativen Vorteil hätten!)

Wie jedes Unternehmen muß sich auch die Familie den Bedingungen des Marktes anpassen, sei es nun denen des Heiratsmarktes oder des eigentlichen Wirtschaftsmarktes. Wenn zum Beispiel der Gewinn an Freizeit die Kosten zur Anschaffung einer Geschirrspülmaschine übersteigt, wird die Familie sich anpassen, den Kauf tätigen und endlich das sklavische Tellerspülen abschaffen.

Seit einigen Jahren haben sich die Marktbedingungen, was die »Produktion« von Kindern betrifft, erheblich verändert. Wir sprachen ja schon darüber, daß ein wesentliches Ziel der Partnerschaft in der »Produktion« von Nachwuchs liegen kann. Dabei achten die Paare heute darauf, ihren Kindern eine möglichst gute Erziehung und Ausbildung angedeihen zu lassen. Es geht also weniger darum, möglichst viele Kinder zu bekommen, sondern dem Einzelkind oder den zwei Geschwistern möglichst gute Bedingungen für eine optimale Entwicklung bereitzustellen.

Außerdem arbeiten Frauen heutzutage verstärkt außerhalb der Familie und bekommen auch aus diesem Grund weniger Kinder. Da die Erziehung von Kindern Zeit in Anspruch nimmt, werden Kinder um so »teurer«, je höher die Zeit der Frau bewertet wird, das heißt, je höher der Lohn ist, den sie auf dem Arbeitsmarkt erzielen könnte, was man als Opportunitätskosten bezeichnet.

In wenig entwickelten Agrarwirtschaften werden Kinder dagegen als Teil des »Kapitals« betrachtet, da sie zur landwirtschaftlichen Produktion und damit zum Familieneinkommen beitragen; so besteht ein Interesse an zahlreichem Nachwuchs. In unseren Industriewirtschaften führen aber die wachsenden Opportunitätskosten, die die Erziehung eines Kindes mit sich bringt, sowie die Wohnkosten in der Stadt (im Vergleich zum Land) dazu, daß man weniger Kinder hat. Kurz gesagt: Es gibt gute wirtschaftliche Gründe dafür, weniger Kinder zu produzieren, denen man dafür eine längere Ausbildung ermöglichen kann. Und damit wäre auch eine Erklärung für den Geburtenrückgang gefunden.

Nachdem jetzt klar ist, was dich in deiner Partnerschaft erwartet, möchte ich zwar keine Hiobsbotschaften verkünden, aber um die Sache ganz durchzuziehen, solltest du auch wissen, wie die »Chancen« auf eine Trennung oder Scheidung aussehen! Denn auch in diese sumpfigen Gefilde wagen sich die Ökonomen vor.

Genauso wie man sich nicht ohne weiteres langfristig bindet, wird auch der Entschluß zur Trennung oder Scheidung nicht leichtfertig gefaßt. Wer sich mit dem Gedanken an eine Eheschließung trägt, hat bestimmte, wenn auch häufig stillschweigende Erwartungen, was den Wert dieser Verbindung, die Güter und Dienstleistungen, die sie produzieren könnte, und die familiären Aktivitäten, die mit ihr einhergehen, betrifft. Genauso hat der- oder diejenige gewisse Vorstellungen vom Risiko einer Trennung mit all ihren Kosten und Konsequenzen. Wenn der erhoffte Gewinn größer ist als der mögliche Verlust im Falle einer Scheidung, ist die Hochzeit beschlossene Sache.

Mit der Zeit erhalten die glücklichen Eheleute dann Informationen über mögliche Alternativen im Falle einer Scheidung, zum Beispiel die Qualität einer Beziehung mit einem anderen Partner. (An diese Information kommt manch einer natürlich auch schon während der Ehe ...)

Auch die Alternativen, die der Markt bietet, wandeln sich mit der Zeit, zum Beispiel für eine Frau, die sich ihren Kindern gewidmet hat und deshalb keinen Beruf erlernen konnte. Angesichts dieser Informationen entscheidet das Paar (oder einer der beiden Beteiligten), die Beziehung weiterzuführen oder aufzulösen.

Solche Analysen und Entscheidungen können in regelmäßigen Abständen immer wieder erfolgen. (Mein Gott, in was für einer Welt leben nur diese Ökonomen!) Aber fahren wir fort. Paare können dann davor zurückschrecken, Energie in die Herstellung von Gütern und Dienstleistungen zu investieren, die »spezifisch« für die »familiäre Produktion« sind, wenn sie eine Scheidung für möglich halten. Und welche spezifischen Produkte sind davon wahrscheinlich am ehesten betroffen? Die Kinder und außerdem natürlich die häuslichen Aufgaben, die gegenüber beruflichen Aktivitäten zurücktreten.

Eine deutliche Diskrepanz zwischen dem erhofften und tatsächlichen Einkommen der Partner erhöht das Risiko einer Trennung. Und warum? Weil die Hoffnung auf ein höheres Einkommen besteht, wenn sie oder er sich mit jemand anderem zusammentut. Und das nennt man dann Liebe! Je älter die Partner sind, desto geringer ist das Scheidungsrisiko. Je größer das spezifische Kapital, das heißt zum Beispiel, je mehr kleine Kinder da sind, desto seltener trennt man sich und so weiter. Liebe macht blind? Aber nicht die Ökonomen.

An dieser Stelle höre ich lieber auf, bevor du dich ganz von der Ökonomie abwendest. Aber was soll man nun von solchen Analysen halten?

Zunächst einmal steht fest, daß Gary Becker von der Universität Chicago, Initiator der Studien auf diesem Gebiet, ein origineller, talentierter und extrem kreativer Wirtschaftswissenschaftler ist (er hat seinen Nobelpreis übrigens 1992 bekommen). Als er sein Wirtschaftsstudium aufnahm, fand er bald, daß sein Wirkungsbereich zu eng war für jemanden, der sich, wie er, viel mehr für soziale Phänomene interessierte als für eigentliche Wirtschaftsfragen. Nachdem er es mit der Soziologie versucht hatte, kehrte er enttäuscht zu seiner alten Leidenschaft, der Wirtschaft, zurück, deren Logik und Genauigkeit ihn inspirierten. (Jetzt trifft mich sicher der Zorn aller Soziologen!) So entstand seine Idee, das Menschenbild der Ökonomen – das sich um individuelle Entscheidungen unter Zwang dreht – auf jene wichtigen Gesellschaftsfragen anzuwenden, die bisher nur von den Soziologen, Psychologen oder Politologen untersucht worden waren.

Zweitens folgt aus diesen Studien: Man sollte vernünftig bleiben. Für Gary Becker ist das, »was die Ökonomie als Disziplin von anderen Disziplinen in den Sozialwissenschaften hauptsächlich unterscheidet, nicht ihr Gegenstand, sondern ihr Ansatz.«[10] Sicher. Trotzdem scheint es mir so, als wolle Becker dieser Art von Analyse, die ja erst das »Skelett« einer Theorie ist, allzu großes Gewicht geben.

Manche Ökonomen sind übrigens erbitterte Widersacher dieser Forschungsrichtung, bei der es ihrer Meinung nach so zugeht, als würde man »mit beiden Händen einen Hammer schwingen, um eine Nuß zu knacken«. Einer von ihnen ist sogar so weit gegangen, in einer der renommiertesten Fachzeitschriften der Welt einen parodistischen Artikel über die »ökonomische Theorie des Zähneputzens« zu veröffentlichen. Sein Grundgedanke? Die Individuen entscheiden sich für ein optimales Zähneputzen, durch das sie ihr Einkommen maximieren können. Diese Argumentation wird am Beispiel der Kellner entwickelt... sowie der Akademiker, bei denen die Weiße der Zähne und der frische Atem entscheidende Faktoren für ihre Beförderung sind. (Jetzt verstehst du bestimmt die Besessenheit, mit der ich täglich mein Gebiß scheuere!) Das Ganze war mit einer guten Dosis an Gleichungen versehen und verfügte über alle methodologischen Tricks (um nicht zu sagen: Ticks), die den Wirtschaftswissenschaftlern so lieb und teuer sind; selbst die empirischen Tests durften nicht fehlen. Und der Autor vergaß nicht, darauf hinzuweisen, daß seine Methode sich auf »so wichtige Bereiche wie das Haarekämmen, das Händewaschen und das Schneiden von Fingernägeln« ausweiten ließe.[11] Ich sagte ja schon, daß die Wirtschaftswissenschaftler durchaus in der Lage sind, sich selbst auf den Arm zu nehmen – und es dabei trotzdem ernst meinen.

Trotz all dieser Kritik sind den Vertretern unserer Zunft die Genauigkeit und Logik ihrer Methode sehr wichtig. Solange aber die Modelle zum Thema Ehe und allem, was damit zu tun hat – Scheidung, Familie, Ehebruch, sogar die Erfüllung religiöser Vorschriften etc. –, nicht vertieft worden sind, sollte man vorsichtig mit ihren Schlußfolgerungen umgehen, auch wenn diese Theorien ohne Zweifel oft brillant, intelligent, gewandt und sogar von einer unbestreitbaren mathematischen Ästhetik sind. Es geht auch nicht darum, den »Realismus« dieser Theorien in Frage zu stellen, denn nach diesem Kriterium wird keine Theorie beurteilt (das haben wir schon in Kapitel 2 abgehandelt). Es geht eher darum, diesem theoretischen Skelett sozusagen Fleisch und Blut einzuverleiben, indem man zusätzliche Faktoren wie gesetzliche Zwänge, gesellschaftliche Normen oder andere Größen, die außerhalb des »Familienunternehmens« liegen, berücksichtigt. Diesen Weg haben die Angehörigen der Wirtschaftsfakultäten im übrigen bereits eingeschlagen.

Kurz gesagt, stecken diese Modelle, auch wenn sie ein originelles und vielleicht schockierendes Licht auf solche Fragen werfen, noch in den Kinderschuhen. Daher rührt auch manchmal ihre Tendenz zur »Spielerei«. Sie machen aber den Weg frei für ein riesiges Forschungsgebiet. Und um das Ganze noch weiter zu führen, sollst du mich jetzt auf ein anderes Terrain begleiten, auf dem man im allgemeinen keine Ökonomen erwartet: die Kriminalität.

Kapitel 18

Der Fremde im Zug

Die ökonomische Theorie der Kriminalität

Nachdem ich jetzt schon die Soziologen, die Psychologen und die Politologen gegen mich aufgebracht habe, kann ich es auch gleich – ich mag schließlich keine halben Sachen – mit den Kriminologen, den Juristen und – warum nicht auch – den Anthropologen aufnehmen. Diese Berufszweige nehmen sich einfach das Monopol in Sachen Kriminalität heraus, sowohl was die Erklärungsversuche als auch die Bekämpfungsmaßnahmen betrifft. Was soll's, von nun an kommen ihnen einfach die Ökonomen ins Gehege. Diese Nachricht löst natürlich bei den Berufsdeutern der Kriminalität Empörung aus, denn ohne sie häufig überhaupt zu kennen, lehnen sie die Methoden der Ökonomen ab, da diese angeblich versuchen, »das nicht Meßbare zu messen« oder, wie die Juristen meinen, »die Grenzen der juristischen Wahrheit zu überschreiten«!

Bis die Ökonomen sich einmischten, waren die Gründe, die man sich für die Kriminalität ausdachte, oft den jeweiligen intellektuellen und politischen Moden unterworfen. Manchmal konzentrierte man sich auf das Milieu (die Familie, die Wohnverhältnisse, die Schule, Ausbildung etc.), dann wieder auf die Vererbung und die biologischen Merkmale des jeweiligen Individuums. Bisweilen führte man auch die wirtschaftliche und soziale Enttäuschung an, die durch Arbeitslosigkeit und ungleiche Einkommensverteilung entsteht.

Börse: Gewinner und Verlierer
Investmentfonds: De
07. 10. 1997
Dax 4307,39
MDax 3986,53
Krones VA 6,16
KSB VA 5,86
Vossloh 5,42
Markt-Report
Sammler am Werk
Deutscher Rentenindex (RexP)

Die Ökonomen wollen den möglichen Einfluß dieser Faktoren gar nicht abstreiten. Es geht ihnen nur, wie im Falle der »Ehetheorie«, um eine systematischere Analyse, wobei sie hier für mein Empfinden zu brauchbareren Ergebnissen kommen.

Von der Norm abweichendes Verhalten (vom Falschparken über Steuerbetrug, Diebstahl, Körperverletzung, Drogen bis hin zum verabscheuungswürdigsten Mord) ist für den Ökonomen nicht grundsätzlich durch Milieu oder erbliche Faktoren vorherbestimmt. Dieses Verhalten entspringt einem Zusammenspiel von gesellschaftlichen Einflüssen, Anreizen verschiedenster Art und der Logik persönlicher Entscheidungen.

Natürlich will hier niemand leugnen, daß es auch Abenteurer gibt, die einfach aus Lust am Spiel und Risiko handeln und sich durch keinen noch so großen Anreiz von ihrem selbstgewählten Weg abbringen lassen würden. Es gibt auch »unzurechnungsfähige« Straftäter, denen die Konsequenzen ihres Tuns überhaupt nicht bewußt sind. Aber die sollen die große Menge der kriminellen Heerscharen ausmachen? (Ob es nun Scharen sind oder nicht, sei dahingestellt.) Nein, das bestreiten zumindest unsere Wirtschaftsprofessoren. Und allen Widerständen zum Trotz halten sie an ihrer Theorie fest, die wir uns jetzt einmal näher ansehen werden.

Die großen Vordenker wie Adam Smith und Jeremy Bentham (ebenfalls Brite und Begründer des Utilitarismus, einer philosophischen Lehre, nach der sich das Verhalten der Menschen ausschließlich am zu erwartenden Nutzen orientiert) haben sich schon vor etwa zwei Jahrhunderten für die Kriminalität interessiert. Aber erst gegen Ende der sechziger Jahre ist die moderne Wirtschaftsanalyse auf diese Fragen zurückgekommen. Und wer wagte sich als erster auf dieses unerforschte Gebiet vor? Gary Becker natürlich, gefolgt von einer ganzen Reihe intellektueller Zöglinge. Und der methodologische Individualismus, über den wir eben sprachen, war der Ausgangspunkt ihrer Analyse. Er kommt hinsichtlich der Kriminalität zu folgenden Schlußfolgerungen: Kriminelle sind Menschen und insofern empfänglich für gewisse Anreize (das heißt Vor- und Nachteile, »Gewinne« und »Kosten« im weitesten Sinne), die mit bestimmten Taten verbunden werden. So hängt auch das »Verbrechensangebot« immer vom Ertrag ab (Geld oder andere Vorteile), der von einer illegalen Tat erwartet wird. Dazu zählen etwa der mögliche Gewinn, der vergleichsweise durch legale Aktivitäten zu erzielen wäre, das Risiko, geschnappt und verurteilt zu werden, die Art und Strenge der möglichen Strafe und die »Neigung« oder »Abneigung« des potentiellen Straftäters gegenüber solchen Aktivitäten. Diese Neigung oder Abneigung hängt wiederum von moralischen und sozialen Werten sowie von seiner eigenen Gewalt- und Risikobereitschaft ab – die beim Kriminellen höher einzustufen ist als in der übrigen Bevölkerung.

Die »Nachfrage« auf diesem Markt (hier handelt es sich um eine Nachfrage nach *weniger* Verbrechen, nicht nach mehr!) liegt genau bei dieser übrigen Gemeinschaft, die sich gegen jede Form von Kriminalität zu schützen versucht. So kommt es zu einem »Gleichgewicht« auf dem Kriminalitätsmarkt, das von den Maßnahmen abhängt, die die Gemeinschaft (durch den Staat oder durch privaten Schutz) ergreift, um gegen illegale Aktivitäten vorzugehen. Das Ziel jeder Analyse liegt natürlich darin, eine »optimale« Politik zur Eindämmung der Kriminalität zu definieren. Du kannst dir sicher denken, daß damit eine endlose, heftige Diskussion verbunden ist.

Dabei ist die Vorgehensweise für einen Ökonomen eindeutig. Eine Politik zur Eindämmung der Kriminalität muß die »richtige« Menge an Mitteln (Polizei, Richter und Staatsanwälte, Gefängnisse) festlegen und diese bestmöglich einsetzen, um die gewünschten Ziele zu erreichen.

Wenn die Gemeinschaft fast ihre gesamten Mittel in die Aufrechterhaltung der Ordnung investieren würde, könnte eine Kriminalitätsrate von beinahe Null erreicht werden, aber welche Kosten für die Gemeinschaft würde das bedeuten! (Diese »Opportunitätskosten« entsprächen dem Reichtum, den man schaffen könnte, würde man dieselben Mittel in produktive Tätigkeiten investieren.) Deshalb muß eine »optimale« Summe festgelegt werden, die für die Aufrechterhaltung von Ordnung und Sicherheit verwendet werden soll. Diese Summe geht dann logischerweise mit einer »optimalen« Kriminalitätsrate einher.

Nur müssen wir uns jetzt natürlich die Frage stellen, wie sich illegale Aktivitäten am besten bekämpfen lassen. Ist zum Beispiel in Sachen Abschreckung das Risiko, verhaftet und verurteilt zu werden, wichtiger als die Schnelligkeit oder Strenge, mit der eine Strafe vollzogen wird? Sollten Strafen einheitlich angewandt werden oder je nach Art der Straftat und/oder des Vorstrafenregisters des Straftäters variieren?

Weiterhin stellt sich die Frage, welche Methoden am wirksamsten sind: Geldstrafen, Gefängnisstrafen, Erstattung des verursachten Schadens (sofern dies möglich ist) oder andere Maßnahmen, die irgendwo dazwischen liegen? Wie wirkungsvoll sind eigentlich vorbeugende Maßnahmen im Vergleich zur Strafverfolgung oder Wiedereingliederung von Straftätern in die Gesellschaft? Und welche Rolle spielen, um den bloßen Rahmen der Verbrechensbekämpfung einmal zu verlassen, die Familie, die Erziehung oder das soziale Umfeld in der individuellen »Entscheidung« zwischen legalen und illegalen Aktivitäten?

Das ist noch nicht alles, denn manche Maßnahmen können auf individueller Ebene durchaus wirksam sein, nicht aber auf der Ebene des »Marktes« als Ganzem. Warum dieser mögliche Widerspruch? Ein Beispiel aus dem Drogenhandel kann dir die Sache verdeutlichen: Dealer, die verhaftet und damit außer Gefecht gesetzt sind, werden schnell von anderen ersetzt, die ihren Platz einnehmen. Die Ausschaltung eines Wiederverkäufers hat also keinerlei Einfluß auf das Gesamtangebot auf dem Markt. Auf dem Markt für Gewaltverbrechen sieht dies anders aus. Wird hier der Täter ausgeschaltet, verringert sich die Zahl der Gewaltverbrechen.

Strafen, mit denen die Verurteilten an weiteren Taten gehindert werden, haben natürlich eine abschreckende Wirkung auf die Betroffenen (aus gutem Grund!), aber auch, wie man sich denken kann, auf manchen potentiellen Straftäter.

Ganz anders sieht das bei Resozialisierungsprogrammen aus, die die Täter wieder in die Gesellschaft eingliedern sollen. Sie verringern das Risiko eines Rückfalls bei den Teilnehmern, aber daß sie auf andere abschreckend wirken sollen, ist eigentlich nicht nachvollziehbar. Im Gegenteil. Man könnte sich sogar vorstellen, daß die Ausbildung, in deren Genuß manche Verurteilte kommen, andere potentielle Straftäter zu den gleichen Verbrechen verleitet. Andererseits kann eine Gefängnisstrafe ohne Resozialisierung bei Verlassen des Gefängnisses zu Rückfällen führen, weil die Betroffenen durch den Kontakt mit anderen Gefangenen eine »Ausbildung« zu Straftaten empfangen haben. Wie man's auch dreht, es findet sich ein Problem.

Darüber hinaus gibt es auch Überlegungen allgemeinerer Natur. Je höher das Durchschnittseinkommen in einer Gemeinschaft ist und je ungleichmäßiger dieses Einkommen verteilt ist, desto größer ist auch der Reiz, Verbrechen zu begehen. Das Bildungssystem hingegen dürfte eine wichtige Integrationsrolle bei der Eingliederung der Individuen in die Gesellschaft spielen, da in ihm die Ehrlichkeit gefördert wird, womit sich der »psychische Gewinn« von Straftaten verringert. So kann sich das durchschnittliche Bildungsniveau der Bevölkerung auf die allgemeine Verbrechensquote auswirken.

All diesen Fragen geht das ökonomische Modell sowohl theoretisch als auch empirisch nach, wobei die empirischen Untersuchungen ergeben haben, daß die Angst vor einer Ergreifung abschrekkender wirkt als die Angst vor einer Verurteilung. Die Verhaftung und die anschließende Verurteilung dagegen haben wiederum eine abschreckendere Wirkung als die eigentliche Strafe. Und schließlich scheint das erhöhte Risiko einer Inhaftierung entmutigender zu wirken als die Dauer der drohenden Haftstrafe, besonders bei Gewaltverbrechen (was nicht heißt, daß die Dauer der Haftstrafe keinerlei Einfluß hat).

Eins der schwierigsten Themen, bei dem es zu heftigen Diskussionen kommt, ist die Frage nach der abschreckenden Wirkung der Todesstrafe. Einige vielzitierte soziologische Studien haben ergeben, daß sie *nicht* abschreckend wirkt. Nun haben Ökonomen diese Untersuchungen in Frage gestellt. Welch ein Protestgeschrei riefen sie damit hervor! Die Untersuchungen dieser Ökonomen deuten demnach darauf hin, daß die Todesstrafe sehr wohl abschreckend wirkt. Dabei muß man allerdings auch klarstellen, daß das Risiko einer Hinrichtung zwar eine deutlich abschreckende Wirkung zu haben scheint, daß das Risiko einer Verhaftung und Verurteilung aber noch abschreckender wirkt und daß auch die gängigste Alternativstrafe (lange oder sogar lebenslange Haft) eine deutlich abschreckende Wirkung hat.

Und dann gibt es natürlich noch das im Affekt (meist aus Eifersucht) begangene Verbrechen, das aus der hübschen Argumentation der Ökonomen rausfällt, aber tatsächlich existiert. Dann hat die wirtschaftswissenschaftliche Theorie also nichts zu sagen zu diesem Thema? Weit gefehlt. So leicht läßt sich unsere Zunft nicht aus dem Sattel werfen. Irgendwie schafft sie es, auch diese Form von Verbrechen in ihr Modell einzugliedern (allerdings auf eine etwas an den Haaren herbeigezogene Weise, das gebe ich zu). Jedenfalls wird die Eifersucht als Motiv für ein Verbrechen – auch wenn die Medien mit ihren Schlagzeilen das Gegenteil behaupten – immer seltener und stellt als Motiv nur einen minimalen Anteil an der Zahl aller Morde. Hab also ein bißchen Nachsicht und verzeih dem armen Ökonomen, wenn er nicht alles erklären kann ... besonders wenn das, was er nicht erklären kann, zahlenmäßig gesehen keine große Bedeutung hat.

Kurze Zusammenfassung: All diese Studien machen nicht einfach nur »viel Lärm um nichts«, denn sie sind sich, trotz ihrer Unterschiede, durchaus einig darüber, daß drastische Strafen vor kriminellen Tätigkeiten abschrecken. Damit widersprechen sie den Positionen zahlreicher Soziologen und Kriminologen, aber sie müssen bei jeder Politik zur Verbrechensbekämpfung berücksichtigt werden. Das bedeutet aber auch nicht, daß einem nichts anderes übrigbleibt, als Kriminelle so streng wie möglich zu bestrafen.

Übrigens gehen die Akademiker noch weiter. Sie untersuchen zum Beispiel die Wirksamkeit von Verbrechensbekämpfungsmaßnahmen angesichts der von den Kriminellen angewandten Techniken. Kriminelle können nämlich durch ihre Verbrechensplanung die Produktivität der Polizei und Justiz verringern. Im Verhältnis zu den Ausgaben werden weniger Straftäter festgenommen und verurteilt.

Ich weiß, daß du gerne alte Filme siehst. Dann erinnerst du dich bestimmt an *Der Fremde im Zug* nach dem tollen Drehbuch von Alfred Hitchcock. Darin verwenden die Verbrecher eine ausgetüftelte Technik: Sie lassen die Morde von Personen begehen, die scheinbar in keiner Beziehung zu den Opfern stehen und kein nachvollziehbares Interesse daran haben, diese umzubringen.

So laufen die logischen Methoden bei der Suche nach den Schuldigen (»Durand, finden Sie heraus, wer von dem Verbrechen profitiert«) ins Leere. Und welche Gegenmaßnahmen sind hier anzuraten? Man sollte den Anstiftern zum Mord härtere Strafen auferlegen als jenen, die die eigentliche »schmutzige Arbeit« leisten, um stärker vor solchen »raffinierten« Methoden abzuschrecken.

Man sollte außerdem bedenken, daß Verbrechen unterschiedlicher Natur und Schwere sich gegenseitig ergänzen oder einander ablösen können. Beispiel: Die vor einigen Jahren in einem gewissen Land getroffenen Maßnahmen, denen zufolge jede wegen bewaffneten Überfalls verurteilte Person automatisch hingerichtet wird. Sicher eine drastische Methode. Aber wirkungsvoll? Das bleibt abzuwarten. In jedem Fall ein hervorragendes Mittel, jeden Dieb dazu anzuregen, alle eventuellen Zeugen seiner Tat um die Ecke zu bringen. Und damit eine ideale Methode zur Steigerung der Mordrate! Ähnlich sieht es mit der Idee aus, bei allen Entführungen, die mit dem Tod des Opfers enden, automatisch die Todesstrafe einzusetzen. Prima Idee, so scheint's. So scheint's aber auch nur, denn damit werden

Täter nur dazu angeregt, gleich mehrere Geiseln auf einmal zu nehmen, wie es seit einigen Jahren bei Flugzeugentführungen gern getan wird, und diese kollektiv hinzurichten. Wo ich schon sterbe, wenn ich eine Geisel hinrichte, lege ich sie doch lieber gleich alle um!

Die Ökonomen haben auch einiges zum Thema Drogen zu sagen. Aus der Sicht der ökonomischen Verbrechenstheorie zeichnet sich der Drogenmarkt durch ein paar nennenswerte Eigenheiten aus.

Zunächst einmal gibt es ein Angebot und eine Nachfrage (auch wenn sie illegal sind), aus deren Aufeinandertreffen sich der Marktpreis entwickelt – wie auf allen Märkten, die wir in diesem Buch untersucht haben. Darüber hinaus verleitet das Phänomen der Gewöhnung, zumindest bei den harten Drogen, die Abhängigen zu kriminellen Taten, weil sie sich das für die Befriedigung ihrer Bedürfnisse nötige Geld beschaffen müssen. Und schließlich reagiert die Nachfrage bei Gelegenheits- oder Erstkonsumenten empfindlicher auf den Preis des Produktes als bei süchtigen Konsumenten (die Nachfrageelastizität ist größer, würde man im Wirtschaftsjargon sagen). So zielen alle Maßnahmen zur Bekämpfung dieses Übels darauf ab, das Angebot oder die Nachfrage zu verringern – oder beides zugleich.

Will man Einfluß auf das Angebot nehmen, so muß man das Produktions- und Verteilernetz für die Produkte zerschlagen. Durch solch eine Politik steigt der Preis der Droge, und die Gelegenheitskonsumenten schränken ihren Verbrauch ein. Das gilt aber nicht für die Stammkunden. Da die Preissteigerung bei ihnen kaum Einfluß auf die Nachfrage hat, wird die Zahl der Verbrechen, mit denen die Süchtigen sich das nötige Geld beschaffen, zunehmen. Die riesige Spanne zwischen dem Einkaufspreis der Wiederverkäufer und dem »Einzelhandelspreis« (eine Preisspanne von etwa 20000 Prozent) rührt zu großen Teilen vom Angebotsmonopol her, das den Wiederverkäufern auf diese Weise gewährt wird; denn ihnen gelingt es trotz aller Strafverfolgung immer, sich auf dem Markt zu halten. Außerdem ermutigen derart schwindelerregende Gewinne sie dazu, weiterzumachen.

Es gibt daher Leute, die sich für Methoden zur Senkung der Marktpreise aussprechen. Das würde der Gewinnträchtigkeit dieses Handels schaden und seine Bedeutung schmälern, womit es auch nicht mehr so nötig wäre, kleine Diebstähle zu begehen, um den entsprechenden Lebenswandel zu finanzieren. Andere meinen wiederum, daß eine Unterscheidung zwischen Einsteigerpreisen und Preisen für Stammkunden wichtig wäre, denn die Dealer haben selbst großes Interesse daran, diese beiden Kundengruppen nicht über einen Kamm zu scheren: niedrige Preise für die Neuen, damit diese in den Markt reinkommen, und höhere Preise für die Süchtigen, da deren Nachfrage wenig sensibel auf die Preise reagiert. Die Gemeinschaft könnte nun die sozialen Kosten minimieren, indem sie die Preise für Einsteigerkonsumenten möglichst hochtreibt (um diese vom Konsum abzuschrecken). Für bereits Abhängige könnten die Preise niedriger liegen (um die Beschaffungskriminalität zu senken).

Dazu sind verschiedene Taktiken vorstellbar, vom freien Spiel der Marktkräfte bis hin zu mehr oder weniger strengen Kontrollsystemen. So gibt es den Vorschlag, die Heroinabgabe an Süchtige zu liberalisieren, indem die Ärzte ihnen die nötigen Dosen zu niedrigen Preisen zur Verfügung stellen (oder aber Ersatzdrogen, die eine medizinische Behandlung ermöglichen, was heutzutage häufig praktiziert wird). Damit würde die Beschaffungskriminalität gesenkt. »Neue« Drogenkonsumenten hätten auf diese Maßnahmen kein Anrecht. Und um diesen die Drogenbeschaffung auf dem illegalen Markt zu erschweren, müßte gleichzeitig ein erbitterter Kampf gegen die Dealer geführt werden. Damit würden die Preise ansteigen, was den Marktzutritt neuer Konsumenten bremsen würde. Unter anderem stellt sich aber bei diesem Vorschlag das Problem, wie man überhaupt zwischen den verschiedenen Verbrauchergruppen unterscheiden soll (von den vielen ethischen Fragen, die diese Politik aufwirft, einmal ganz zu schweigen). Kurz, es gibt kein Wundermittel, aber sicher viele interessante Denkansätze.

So, ich denke, jetzt haben wir uns ausführlich über die Methoden unserer Zunft unterhalten. Die ökonomische Analyse baut – und darauf läuft es immer wieder hinaus – auf der Idee eines Systems von wirtschaftlichen, sozialen und psychologischen Anreizen auf. Indem der Staat diese Anreize verändert, ob in negativer (Verhaftungen, Verurteilungen, Gefängnisstrafen etc.) oder positiver Richtung (Ausbildung, Chancengleichheit, Resozialisierung etc.), kann er Einfluß auf abweichendes Verhalten nehmen. Solche Untersuchungen, die noch lange nicht beendet sind, helfen ihm außerdem dabei, geeignete Methoden zur Verbrechensbekämpfung zu entwickeln.

Sicher hat das ökonomische Modell Schwächen; es erhebt auch gar nicht den Anspruch, alles erklären zu können, was aber nicht heißt, daß man es aufs Abstellgleis verfrachten sollte, ganz im Gegenteil. Die Forschungen sollten um so intensiver weitergeführt werden, um die ökonomische Methode noch stärker auf alle gesellschaftswissenschaftlichen Fächer anzuwenden. Dafür hatten wir ja in den letzten drei Kapiteln ein paar repräsentative Beispiele.

Die »Universalgrammatik«, welche die Wirtschaftswissenschaft den Gesellschaftswissenschaften liefert, kann dazu beitragen, die großen Probleme unserer Gesellschaft zu verstehen und besser mit ihnen umzugehen. Die Soziologie, Politologie, Kriminologie, Anthropologie und Psychologie lassen sich immer mehr von den wirtschaftswissenschaftlichen Methoden anregen. Der ökonomische »Imperialismus« ist in vollem Gange. Aber auch die Ökonomen sollten den Einfluß von Normen und Wertesystemen und die Rolle gesellschaftlicher Wechselwirkungen stärker in ihren Analysen berücksichtigen, kurz, all jene Themen, welche die anderen Gesellschaftswissenschaften beschäftigen.

Wir können also unsere Unterhaltung in Zukunft fortführen und gemeinsam noch viele intellektuelle Höhenflüge unternehmen. Es gibt nämlich noch jede Menge Themen, die wir hier einfach beiseite gelassen haben, um unsere Leser und Leserinnen nicht mit einem zu dicken Buch zu quälen.

Tatsächlich gibt es jede Menge Themen, mit denen sich die Wirtschaftswissenschaft beschäftigt, und die ich hier beiseite gelassen oder nur angerissen habe: die Mikroökonomie (das heißt zum Beispiel das individuelle Verhalten der Unternehmer und Haushalte und die Auswirkungen der Marktstrukturen darauf), die öffentliche Finanzwirtschaft (besonders alles, was das heutzutage so vieldiskutierte Steuer- und Sozialwesen betrifft), die Anwendung ökonomischer Methoden auf einige wichtige Probleme (zum Beispiel Umwelt und Gesundheit) und vieles mehr.

Aber wenn dein Ödipus dich nicht dazu verleitet, den Beruf deines Vaters völlig abzulehnen, kannst du ja selbst weiter lesen und dich voller Freude in die Wirtschaftstheorie stürzen – vielleicht heute, vielleicht in ein paar Jahren. Sicher ist, die ökonomischen Dinge werden dich ein ganzes Leben lang begleiten.

Anmerkungen

1 Keynes, John Maynard, *Allgemeine Theorie der Beschäftigung, des Zinses und des Geldes,* Berlin 1952, S. 323.

2 Smith, Adam, *Der Wohlstand der Nationen. Eine Untersuchung seiner Natur und seiner Ursachen*, München 1983.

3 ebenda, S. 17.

4 Friedman, Milton, Inflation, Causes and Consequences, in: *Dollars and Deficits. Inflation, Monetary Policy and the Balance of Payments*, Englewood Cliffs, NJ, 1986, S. 39.

5 Fisher, Irving Norton, My Father Irving Fisher, in: Robert Allen (Hg.), *Irving Fisher. A Biographie*, Cambridge, 1993.

6 ebenda.

7 Keynes, John Maynard, *Allgemeine Theorie der Beschäftigung, des Zinses und des Geldes*, Berlin 1952, S. 324.

8 Einstein, Albert zitiert von M. Parkin in »Where do we stand?« in: Michael T. Belongia, Michelle R. Garfinkel (Hg.), *The Business Cycle. Theories and Evidence. Proceedings of the Sixteenth Annual Economic Policy Conference of the Federal Reserve Bank of St. Louis*, London 1992.

9 Bastiat, Frederic, uvres Completes, Paris 1863, S. 57ff.

10 Becker, Gary, *Der ökonomische Ansatz zur Erklärung menschlichen Verhaltens*, Tübingen 1993, S. 3.

11 Blinder, Alan, The Economics of Brushing Teeth, in: *Journal of Political Economy*, Vol. 82, 4, July/August 1974, S. 887ff.

Glossar

Allokation

Verteilung der → Güter bzw. der → Produktionsfaktoren in einer → Volkswirtschaft. Wirtschaftspolitisch wird eine optimale Allokation angestrebt, d.h. der möglichst sparsame Umgang mit den knappen Gütern.

Angebot

Menge eines → Gutes, das am → Markt zum Verkauf oder Tausch angeboten wird.

Arbeit

Jede körperliche und geistige Tätigkeit des Menschen mit einem wirtschaftlichen Ziel. Arbeit zählt zu den → Produktionsfaktoren.

Arbeitslosigkeit

Fehlende Beschäftigungsmöglichkeit für Personen, die in der Lage und willens sind zu arbeiten.

Bank

Betrieb, der geld- oder kreditbezogene Leistungen anbietet.

Bedürfnis

Ein Bedürfnis entsteht aus dem Wunsch, einen subjektiv empfundenen Mangel zu beseitigen. Aufgrund der Knappheit von → Gütern können nicht alle Bedürfnisse des

Menschen befriedigt werden. Der Wunsch nach Bedürfnisbefriedigung ist das grundlegende Motiv für wirtschaftliches Handeln.

Betriebswirtschaftslehre

Teilgebiet der → Wirtschaftswissenschaften, das sich mit dem einzelnen Unternehmen und seinem betrieblichen Ablauf beschäftigt.

Boden

Die zu wirtschaftlichen Zwecken genutzte Natur. Boden umfaßt nicht nur die Erdoberfläche, sondern u. a. auch die Bodenschätze, die Bodenkräfte (z.B. die Gezeiten), das Klima oder den Weltraum. Boden ist als → Produktionsfaktor dadurch gekennzeichnet, daß er unbeweglich und nicht oder nur sehr begrenzt vermehrbar ist.

Devisen

Bankguthaben, Schecks und Wechsel in fremder Währung im Ausland.

Dienstleistungen

Dienstleistungen sind immaterielle → Güter, bei denen Produktion und Verbrauch zeitlich zusammenfallen. Sie sind nicht auf andere Personen übertragbar und nicht transportier- oder lagerbar.

Einkommen

Alle → Geldbeträge oder → Güter, die einer Person oder einem Unternehmen in einem bestimmten Zeitraum zufließen.

Export

Ausfuhr, das heißt alle die Grenzen des eigenen Landes überschreitenden Zahlungen oder Lieferungen von Waren, Dienstleistungen oder Kapital.

Externe Effekte

Wirkungen einer wirtschaftlichen Tätigkeit, die außerhalb von Marktbeziehungen auftreten und bei denen Verursacher und Betroffener nicht übereinstimmen.

Finanzwissenschaft

Teilgebiet der → Wirtschaftswissenschaft, das sich mit dem wirtschaftlichen Verhalten des Staates beschäftigt.

Geld

Geld ist ein allgemein anerkanntes Tauschmittel. In der Form von Banknoten und Münzen ist es gesetzliches Zahlungsmittel.

Geld hat im wesentlichen drei Funktionen: Es dient als Recheneinheit, als Tauschmittel und als Wertaufbewahrungsmittel.

Geldmenge

Gesamter Bestand an Zahlungsmitteln in einer Volkswirtschaft. Die Geldmenge ist das wichtigste Steuerungsinstrument der → Geldpolitik. Die Bundesbank unterscheidet folgende Geldmengen:

M1: Bargeld und sofort verfügbare Guthaben auf Konten (Sichtguthaben).

M2: M1 zuzüglich aller Guthaben mit einer Fälligkeit von über einem Monat und unter einem Jahr (Termineinlagen).

M3: M2 zuzüglich aller Sparguthaben mit gesetzlicher Kündigungsfrist.

Geldpolitik

Alle Maßnahmen zur Regelung der Geldversorgung einer → Volkswirtschaft. Vorrangiges Ziel ist die Sicherung eines stabilen Preisniveaus. Die Geldpolitik wird von der → Zentralbank bestimmt.

Gewinn

Der positive Unterschied zwischen den Verkaufserlösen und Kosten. Der Gewinn ist also das → Einkommen aus erfolgreicher wirtschaftlicher Tätigkeit.

Grenznutzen

Der beim Konsum einer zusätzlichen Einheit eines Gutes entstehende → Nutzen.

Güter

Güter sind Mittel zur Befriedigung von → Bedürfnissen. Dabei wird zwischen freien Gütern und knappen oder wirtschaftlichen Gütern unterschieden.

Freie Güter stehen unbeschränkt zur Verfügung und brauchen nicht bewirtschaftet zu werden. Wirtschaftlich gesehen haben sie keinen → Preis. Es gibt also niemanden, der bereit wäre, für ihren Besitz andere Güter einzutauschen oder → Geld zu bezahlen. Was an einem Ort, zu einer bestimmten Zeit ein freies Gut darstellt, kann jedoch an einem anderen Ort, zu einer anderen Zeit ein Wirtschaftsgut von höchstem Wert darstellen.

Wirtschaftliche Güter sind dagegen knappe Güter. Sie sind dadurch gekennzeichnet, daß die verfügbaren Mengen nicht ausreichen, um die Bedürfnisse aller zu befriedigen.

Handel

Der Austausch von wirtschaftlichen → Gütern.

Import

Einfuhr, das heißt der die Grenzen des eigenen Landes überschreitende Bezug von Waren, Dienstleistungen oder Kapital.

Inflation

Der dauerhafte Anstieg des gesamtwirtschaftlichen Preisniveaus, das heißt des Durchschnitts aller Einzelpreise. Umgekehrt läßt sich Inflation auch als anhaltender → Kaufkraftverlust des → Geldes beschreiben.

Kapital

Sachkapital sind alle Produktionsgüter wie Gebäude, Maschinen, Anlagen oder Hilfs- und Betriebsstoffe. Geldkapital umfaßt alle finanziellen Mittel, die zur Beschaffung oder Produktion von Sachkapital dienen.

Kapitalismus

Bezeichnung für die kapitalistische → Marktwirtschaft, die durch das Privateigentum an den Produktionsmitteln und das Gewinnstreben der Marktpartner gekennzeichnet ist.

Kaufkraft

Die Kaufkraft des → Geldes gibt an, wie viele → Güter man für eine bestimmte Menge Geld erhält.

Keynesianismus

Von John Maynard Keynes begründete → Wirtschaftstheorie, nach der der Staat in das wirtschaftliche System steuernd eingreifen soll. Ziel ist der Ausgleich von Angebot und Nachfrage sowie von Informationsdefiziten.

Klassische Lehre

Zusammenfassende Bezeichnung für die vorwiegend von angelsächsischen Ökonomen wie Thomas Malthus, John Stuart Mill, David Ricardo, Adam Smith u. a. entwickelten → Theorien. Gemeinsam ist allen die Vorstellung, daß der wirtschaftliche Eigennutz des Individuums zum Gemeinwohl beiträgt und sich tendenziell ein wirtschaftliches Gleichgewicht zwischen → Angebot und → Nachfrage einstellt.

Konsum

Ge- oder Verbrauch von wirtschaftlichen → Gütern, das heißt Gütern und Dienstleistungen, zur Befriedigung von → Bedürfnissen.

Kosten

In Geld- oder Mengeneinheiten bewerteter Ge- oder Verbrauch von → Gütern zur → Produktion oder zum Absatz von Waren und Dienstleistungen.

Kredit

Überlassung von Geld- oder Sachwerten gegen Entgelt in Form von → Zinsen.

Liberalismus

Lehre, nach der Gesellschaft und Wirtschaft ohne störende Eingriffe des Staates frei gestaltet werden sollen. Durch die Eigeninitiative aller sowie das Recht auf freie Entfaltung auf der Grundlage von freiem Wettbewerb und Privateigentum sollte der gesamte Wohlstand steigen.

Lohn

Das → Einkommen, das für den Einsatz des → Produktionsfaktors → Arbeit bezogen wird, das heißt der → Preis für die Abgabe von Arbeitsleistungen.

Makroökonomie

Teilgebiet der Volkswirtschaftslehre, das sich mit dem gesamtwirtschaftlichen Verhalten ganzer Sektoren (z.B. Staat, Unternehmen, Haushalte, Ausland) beschäftigt (→ Mikroökonomie).

Markt

Das Zusammentreffen von → Angebot und → Nachfrage.

Marktwirtschaft

Wirtschaftssystem des freien → Wettbewerbs, bei dem die wirtschaftlichen Prozesse dezentral geplant und über die freie Preisbildung auf den → Märkten gelenkt werden. Die soziale Marktwirtschaft versucht, soziale Gerechtigkeit und individuelle Freiheit mit den Prinzipien der freien Marktwirtschaft in Übereinstimmung zu bringen. → Freiheit

Mikroökonomie

Teilgebiet der Volkswirtschaftslehre, das das einzelwirtschaftliche Verhalten von Unternehmen und Haushalten und deren Zusammentreffen auf dem Markt analysiert (→ Makroökonomie).

Modell

Vereinfachte Darstellung wirtschaftlicher Größen zur Beschreibung und Erklärung von Wirtschaftsphänomenen, zur Prognose von Entwicklungen und zur Entscheidungsfindung.

Monetarismus

→ Wirtschaftstheorie, die aus der Kritik am → Keynesianismus entstanden ist und wieder an die Vorstellungen der → klassischen Lehre anknüpft.

Monopol

Marktform, bei der nur ein Anbieter (Angebotsmonopol) oder nur ein Nachfrager (Nachfragemonopol) vorhanden ist.

Nachfrage

Absicht, ein bestimmtes → Gut gegen ein anderes oder gegen → Geld am → Markt einzutauschen.

Nationalökonomie

Volkswirtschaftslehre.

Neoklassik

Bezeichnung für die Weiterentwicklung der → klassischen Lehre.

Nutzen

Abnahme oder Verschwinden eines → Bedürfnisses beim Verbraucher durch den Konsum eines → Gutes. Der Nutzen ist also eine rein subjektive Größe und damit nicht meßbar.

Pareto-Optimum

Optimale Verteilung von Gütern, bei der ein Individuum seinen → Nutzen nur dadurch erhöhen kann, daß ein anderes schlechter gestellt wird.

Phillips-Kurve

Beziehung zwischen der Arbeitslosenquote und der Inflationsrate. Danach sind eine hohe → Inflationsrate mit niedriger → Arbeitslosigkeit und Preisniveaustabilität mit hoher Arbeitslosigkeit verbunden.

Physiokratien

In Frankreich entstandene gesellschafts- und wirtschaftstheoretische Schule. Die Physiokraten forderten eine gesellschaftliche Ordnung, die weitestgehend der natürlichen Ordnung entsprechen sollte. Wirtschaftspolitisch sollte der Staat seine Eingriffe in den Wirtschaftskreislauf auf ein Mindestmaß begrenzen und eine freie wirtschaftliche Betätigung sowie das Eigentum an den Produktionsmitteln gewährleisten.

Planwirtschaft

→ Sozialismus

Preis

Der in Geldeinheiten ausgedrückte Tauschwert eines → Gutes.

Produktion

Herstellung von → Gütern durch die Nutzung von → Produktionsfaktoren.

Produktionsfaktoren

Die wirtschaftlichen Güter, die nicht unmittelbar der Befriedigung von → Bedürfnissen dienen, sondern selbst Quellen für die → Produktion von Wirtschaftsgütern sind. Zu den Produktionsfaktoren zählen → Arbeit, → Boden und → Kapital.

Protektionismus

Maßnahmen der Außenwirtschaftspolitik zum Schutz der heimischen Wirtschaft.

Ressourcen

Alle Mittel, die in die Produktion von → Gütern und Dienstleistungen eingehen (→ Produktionsfaktoren).

Soziale Marktwirtschaft

→ Marktwirtschaft

Sozialismus

Von Karl Marx u. a. begründete gesellschafts- und wirtschaftspolitische Lehre, die eine Gesellschaftsordnung anstrebt, in der Gleichheit, Gerechtigkeit und Solidarität zwischen allen Menschen herrschen. Wirtschaftspolitisch werden eine Vergesellschaftung der Produktionsmittel sowie die Übergabe der damit einhergehenden Macht an die Arbeiterklasse gefordert.

In der sozialistischen Plan- bzw. Zentralverwaltungswirtschaft wird das Wirtschaftssystem zusätzlich durch zentral koordinierte Wirtschaftspläne gelenkt.

Sozialsystem

Alle sozialpolitischen Institutionen und Maßnahmen, die bestimmte wirtschaftliche und soziale Existenzrisiken wie Arbeitslosigkeit, Krankheit oder Alter absichern sollen.

Sparen

Verzicht auf den sofortigen Konsum eines Teils des verfügbaren → Einkommens.

Steuern

Öffentliche Zwangsabgaben in einseitig festgesetzter Höhe, die von den Bürgern an den Staat zu leisten sind und denen keine besonderen Gegenleistungen gegenüberstehen. Steuern im Außenhandel heißen → Zölle.

Subvention

Leistungen ohne Gegenleistungen von öffentlichen Haushalten an private Unternehmen, die aus → wirtschaftspolitischen Motiven gewährt werden. Subventionen werden eingeteilt in Finanzhilfen und Steuererleichterungen.

Tausch

Hingabe eines Tauschguts (Waren, Leistungen, Geld) gegen Empfang eines anderen. Von direktem Tausch oder Naturaltausch spricht man, wenn Ware gegen Ware getauscht wird.

Theorie

Widerspruchsfreies System zusammenhängender Aussagen über Gegenstände eines bestimmten Forschungsgebiets.

Volkswirtschaft

Die Gesamtheit der wirtschaftlichen Einrichtungen und Aktivitäten eines Staatsgebiets.

Volkswirtschaftslehre

Teilgebiet der → Wirtschaftswissenschaften, das sich mit der → Volkswirtschaft beschäftigt.

Verlust

Negativer → Gewinn.

Wachstum

Zunahme des Ergebnisses des Wirtschaftens, die u. a. auf dem vermehrten Einsatz der → Produktionsfaktoren sowie dem technischen Fortschritt beruht.

Währung

Ordnung des gesamten Geldwesens eines Staates hinsichtlich des inländischen Zahlungsverkehrs sowie der Austauschverhältnisse und des Zahlungsverkehrs mit anderen Ländern.

Wettbewerb

Das Verhältnis von Anbietern oder Nachfragern auf dem → Markt zueinander, das durch das Streben, anderen zuvorzukommen, geprägt ist (Konkurrenz).

Wirtschaft

Alle Einrichtungen und Maßnahmen zur optimalen Deckung des menschlichen Bedarfs an knappen → Gütern.

Wirtschaftspolitik

Alle Maßnahmen zur Steuerung und Gestaltung der Wirtschaft zur Erreichung bestimmter Ziele.

Wirtschaftstheorie

Zweig der → Wirtschaftswissenschaften, der sich mit der Erklärung wirtschaftlicher Zusammenhänge und Abläufe beschäftigt, mit dem Ziel, anhand ökonomischer → Modelle Gesetzmäßigkeiten abzuleiten.

Wirtschaftswissenschaft

Teilgebiet der Sozialwissenschaften. Gegenstand der Wirtschaftswissenschaften ist die Erforschung der Wirtschaft, das heißt die Beschreibung und Erklärung wirtschaftlicher Zustände und Aktivitäten, die Vorhersage wirtschaftlicher Entwicklungen sowie die Untersuchung von wirtschaftlichen Steuerungsinstrumenten. Allgemein wird zwischen der → Volkswirtschaftslehre (einschließlich der → Finanzwissenschaft) sowie der → Betriebswirtschaftslehre unterschieden.

Zentralbank

→ Bank, die für die Ausgabe von Geld und die Regelung des Zahlungsverkehrs innerhalb eines Landes zuständig ist.

Zins

→ Preis für die Nutzung fremden → Kapitals.

Zoll

Im internationalen Handel bei Grenzüberschreitung einer Ware erhobene → Steuer. Zölle dienen der Erzielung von Einnahmen für den Staat oder dem Schutz der einheimischen Wirtschaft vor ausländischer Konkurrenz.

Sachregister

Personenregister

Personenportraits

Gary Stanley Becker

Gary S. Becker kam 1930 in Pottsville im amerikanischen Bundesstaat Pennsylvania zur Welt. Sein Vater hatte sich bereits mit 16 Jahren zum ersten Mal selbständig gemacht und besaß ein kleines Geschäft. Becker war zwar ein guter Schüler, seine Interessen lagen jedoch eher beim Handball. Als die Sehkraft des Vaters nachließ, mußte er ihm regelmäßig die aktuellen Nachrichten aus Wirtschaft und Politik vorlesen, woraus sich häufig Diskussionen entwickelten. So war es kein Wunder, daß er sich während seines Volkswirtschaftsstudiums an der Elite-Universität in Princeton auch für gesellschaftliche Fragen interessierte. Ab 1951 promovierte er in Chicago und lernte dabei Milton Friedman kennen, von dem er stark beeinflußt wurde. Als Professor lehrte er anschließend in Chicago und Columbia. 1954 schloß er seine erste Ehe, aus der zwei Töchter hervorgingen, doch schon 1970 starb seine Frau. Im selben Jahr kehrte er nach Chicago zurück und heiratete 1980 eine Historikerin, die zwei Söhne mit in die Ehe brachte. Als einer der ersten gelang es ihm, wirtschaftswissenschaftliche Modelle auf gesellschaftliche Fragestellungen anzuwenden, z. B in seiner 1981 erschienenen »Abhandlung über die Familie«. Für seine Forschungen auf diesem Gebiet wurde ihm 1986 der Nobelpreis für Wirtschaftswissenschaften verliehen.

James McGill Buchanan

James M. Buchanan kam als Enkel des Gouverneurs von Tennessee 1919 in Murfreesboro zur Welt. Kurz nachdem er sein Studium der Statistik aufgenommen hatte, wurde er 1941 zur amerikanischen Marine einberufen. 1945 heiratete er und setzte sein unterbrochenes Studium fort. Als Professor für Volks- und Finanzwirtschaft lehrte er an verschiedenen amerikanischen Universitäten. Er begründete die Public-Choice-Theorie, die zu erklären versucht, wie individuelle Interessen kollektive öffentliche Interessen beeinflussen. 1986 erhielt er dafür den Nobelpreis.

Milton Friedman

Milton Friedman wurde 1912 in Brooklyn, New York, geboren und war das vierte und letzte Kind seiner Eltern, die aus Österreich-Ungarn stammten. Seine Mutter arbeitete in einem kleinen Kolonialwarenladen, während sein Vater sich mehr oder weniger erfolglos in verschiedenen Berufen versuchte. Während seines letzten Schuljahres starb der Vater, so daß nun seine Mutter sowie seine Schwestern für den Familienunterhalt sorgen mußten. Trotzdem konnte er mit Hilfe eines Stipendiums und vieler Aushilfstätigkeiten an einer kleinen privaten Universität Mathematik studieren. 1932 wechselte er das Fach und den Studienort: In Chicago widmete er sich nun ganz der Ökonomie. Dort lernte er auch Rose Director kennen, die er 1939 heiratete. Nach verschiedenen Zwischenstationen, u. a. beim amerikanischen Finanzministerium, lehrte er ab 1946 als Professor an der Universität von Chicago. Ab den 60er Jahren bewegte er sich als wirtschaftspolitischer Berater immer mehr auf der politischen Bühne. Für seine geldpolitischen Arbeiten über den Zusammenhang von Wechselkursen und staatlichen Eingriffen erhielt er 1976 den Nobelpreis für Wirtschaftswissenschaften.

Friedrich August von Hayek

Friedrich August von Hayek wurde 1899 in Wien als Sohn eines Botanikprofessors geboren. Nach dem Besuch des Gymnasiums diente er während des Ersten Weltkriegs in der Österreichisch-Ungarischen Armee an der Italienfront. Von 1918 bis 1921 studierte er in Wien. Anschließend war er als Berater im österreichischen Staatsdienst tätig, später als Direktor am österreichischen Institut für Konjunkturforschung. Ab 1931 lehrte er als Wirtschaftsprofessor in London, Chicago und Freiburg i. Br. Hayek lehnte, im Gegensatz zu Keynes, staatliche Eingriffe in die Wirtschaft strikt ab: Ökonomische Freiheit begriff er als Voraussetzung für Gerechtigkeit und politische Freiheit. Folglich war er ein scharfer Kritiker des Sozialismus. 1974 erhielt er den Nobelpreis für Wirtschaftswissenschaften. 1992 starb er in Freiburg.

John Maynard Keynes

Der Politiker und Nationalökonom John Maynard Keynes kam 1883 in Cambridge zur Welt. Ab 1909 lehrte er an der dortigen Universität. Als Berater des Schatzkanzlers leitete er 1918 die britische Delegation auf der Friedenskonferenz von Versailles, deren Reparationsforderungen gegenüber Deutschland er für zu hoch hielt. Unter dem Eindruck der Weltwirtschaftskrise veröffentlichte er 1936 sein Hauptwerk »Allgemeine Theorie der Beschäftigung, des Zinses und des Geldes«, in dem er staatliche Eingriffe zur Steuerung des Wirtschaftskreislaufs forderte. Während des Zweiten Weltkriegs entwickelte er einen Plan für eine neue Währungsordnung, welche auf der Konferenz von Bretton Woods tatsächlich umgesetzt werden konnte. Keynes starb 1946 im südenglischen Firle.

Thomas Robert Malthus

Thomas Robert Malthus wurde 1766 nahe Guildford in England geboren und starb1834 in Bath. Ab 1797 war er als Geistlicher tätig, wandte sich jedoch schon früh Fragen der Volkswirtschaft zu. Ihn interessierten vor allem die Ursachen von Armut und Elend, die er im raschen Bevölkerungswachstum sah, für das die Produktion an Nahrungsmitteln nicht ausreichte. Er forderte deshalb späte Heirat, Geburtenbeschränkung durch Enthaltsamkeit und die Förderung der Landwirtschaft.

Karl Marx

Karl Marx wurde 1818 in Trier als Sohn eines Rechtsanwalts geboren. Nach dem Abitur studierte er Jura zuerst in Bonn, dann in Berlin. Während dieser Zeit verlobte er sich heimlich mit Jenny von Westphalen, die er 1843 heiratete. Er arbeitete für verschiedene Zeitungen, wobei er auch Friedrich Engels kennenlernte, mit dem ihn eine lebenslange Freundschaft verband. Gemeinsam verfassten sie das »Manifest der Kommunistischen Partei«, das 1848 in London erschien. Ein Jahr später, nach dem Scheitern der bürgerlichen Revolution in Deutschland, ging Marx ins Exil nach London, Engels nach Manchester. 1867 veröffentlichte er sein bedeutendstes Werk, »Das Kapital«, an dem er ein Jahrzehnt gearbeitet hatte. Zwei Jahre nach dem Tod seiner Frau starb Karl Marx 1883 in London.

John Stuart Mill

John Stuart Mill, geboren 1806 in London, war der Sohn des bekannten Philosophen, Historikers und Nationalökonomen James Mill, von dem er stark beeinflußt worden war. Als Abgeordneter saß er von 1865 bis 1868 im britischen Parlament. Seine Leistung bestand vor allem in der systematischen Darstellung der Theorien von Malthus, Ricardo und Smith. In seinen letzten Lebensjahren näherte er sich sozialistischen Ideen an. Er starb 1873 in Avignon.

Marquis Vilfredo Pareto

Der Italiener Vilfredo Marquis Pareto wurde 1848 in Paris geboren. Ursprünglich Ingenieur, war er später Soziologe und Nationalökonom, u. a. an der Universität von Lausanne. Er beschäftigte sich hauptsächlich mit dem Problem der optimalen Einkommensverteilung. Er starb 1923.

David Ricardo

David Ricardo lebte von 1772 bis 1823 in London. Ein großes Vermögen verdiente er u. a. mit Börsengeschäften. Sein 1817 erschienenes Hauptwerk »Über die Grundsätze der politischen Ökonomie und der Besteuerung« fußte auf der Lehre von Adam Smith; er entwickelte sie jedoch konsequent zu einem geschlossenen System weiter. Besonders hervorzuheben ist seine »Theorie der komparativen Kostenvorteile«.

Baptiste Say

John Baptiste Say lebte von 1767 bis 1832. Zunächst war er Journalist und Herausgeber bei einer Zeitung. Von 1806 bis 1813 war er Baumwollfabrikant und seit 1806 auch Wirtschaftsprofessor. Als Vertreter der klassischen Nationalökonomie systematisierte er die Lehre von Adam Smith und verbreitete sie in Frankreich.

Joseph Alois Schumpeter

Joseph Schumpeter wurde 1883 in Triesch in Böhmen geboren. Er studierte in Wien. Sein erstes bedeutendes Werk erschien bereits 1908. In seiner acht Jahre später veröffentlichten »Theorie der wirtschaftlichen Entwicklung« betonte er die Bedeutung von Unternehmen für den ökonomischen und technologischen Fortschritt. 1919 war Schumpeter österreichischer Finanzminister. Ab 1932 lebte er in den USA, wo er 1950 starb.

Adam Smith

Adam Smith, geboren 1723 im schottischen Kirkaldy, studierte Philosophie in Glasgow. Von 1751 bis 1752 war er Professor für Moralphilosophie und begründete die klassische Schule der Sozialökonomie. Sein Hauptwerk »Eine Untersuchung über Natur und Ursachen des Volkswohlstands« erschien 1776. Hierin machte er erstmals deutlich, daß ein freier Markt und eigennütziges Handeln der Menschen die Voraussetzung für ein harmonisches Wirtschaftsgeschehen und für kollektiven Wohlstand bildeten. Er verband damit die Forderung nach völliger Gewerbe- und Handelsfreiheit. Smith starb 1790 in Edinburgh.

Gulliver Taschenbuch 5502

André Fourçans, geboren 1946, ist Professor für Ökonomie und Finanzwesen sowie Berater bei der Kommission der Europäischen Gemeinschaft. Er ist Autor zahlreicher Bücher zu Wirtschaftsfragen und veröffentlicht regelmäßig in wichtigen französischen und internationalen Presseorganen.